Dagmar Leupold

Die Helligkeit der Nacht

Für P.B.

… *alles, was eine Gestalt hat, ist meine Sache*
(Heinrich von Kleist,
Brief an Heinrich Joseph von Collin vom 14. Feb. 1808)

Berlin, den 18. März 2008

Nun, wir sind uns begegnet. Ich gebe zu, meine Neugier war gering. Ich habe gewöhnlich an den Toten kein Interesse, wenn überhaupt, dann gilt es den künftigen Toten.
Ist es der Name, der mir lieb ist? Ulrike, vermutlich wissen Sie es, war der Name meiner Schwester und Gefährtin. Und Sie haben – auf den ersten Blick – einiges mehr als den Namen mit ihr gemein. Lassen Sie mir noch ein wenig Zeit, es zu bestimmen.
Haben wir darüber gesprochen, was Sie bewogen hat, nach Oßmannstedt zu fahren? Bei mir war es ein Windstoß, der in diese Richtung trieb, ich überließ mich ihm. Oder doch so ungefähr. Ein noch lebender Sterblicher würde vermutlich sagen: die guten Erinnerungen zogen ihn zurück. Aber das ist Unsinn; die Einteilung in Vergangenheit und Gegenwart ist ein Behelf, der mit dem Tod, gleich ob frei gewählt, durch Krankheit, Krieg oder Hass herbeigeführt, untauglich wird. Wir leben nicht, aber dafür machen wir uns breit.
Sie werden sich womöglich fragen, warum ich Ihnen schreibe – das wäre schön, dann teilten wir bereits ein Geheimnis: Denn das ist es mir noch.
Ich kannte Ihr Gesicht längst. Die wachsamen Augen eines kleinen Nagetiers, immer auf der Hut. Am Ende die Auszehrung, kein Blick mehr, nur Stumpfheit. Die Entsprechung zur Stummheit.
Die gefrorene Gegenwart der Bilder – nun müssen wir

diese nicht mehr mit dem Augenschein der Wirklichkeit vergleichen, gar bekämpfen. Im schwierigsten Fall, den ich wünsche, werden wir einander behelligen und die Räume begehen, die unbegangen blieben. Und auch das sei gleich hinzugefügt: Es gibt viel zu fürchten.
Im Lateinischen sind Geburt und Tod nur durch eine Silbe getrennt, natus, denatus, so sprach und schrieb man zu meiner Zeit von den Verstorbenen, besonders im Amtlichen; im Obduktionsbericht ist es nachzulesen. (Wenn die Lebenden wüssten, wie viel Einblick wir haben in ihre Geschäfte!) Denatus – das scheint mir sehr einleuchtend. Nicht verstorben ist man, wie im Deutschen, sondern entboren.
Oder, wie im jüngsten Falle, wenn Sie diesen zugestehen mögen: renatus. Wiedergeboren.

Verzeihen Sie den reichlich programmatischen Auftakt: Aber muss ich mich nicht erklären, wenn ich entscheide, mich Ihnen auf diese Weise anzutragen?
Worauf Sie wohl schauen? Bei mir ist es Wasser, märzgrau, noch spiegelt sich nichts Grünes.

Noch am selben Tag; ich zögere mit dem Abschluss der heutigen Aufzeichnung. Denn ich ahne, Sie sind für diese nicht nur Grund, sondern auch Abgrund. Andererseits, das ist mir nach wie vor eine Gewissheit, taugen kein Stoff und kein Drama etwas, die nicht auch den eigenen Abgrund enthalten.
In Oßmannstedt gab es den erstaunlichen Moment – während unseres ausgedehnten Spaziergangs – in dem Sie lä-

chelten. Sie wissen, dass das Lächeln immer Vorwegnahme und Ahnung ist; niemals ist es, wie das Lachen, einer Überraschung oder einem Überfall geschuldet. Sie ergreifen mich.

Ich schließe diesen inneren Brief wie einen echten mit

Ihr H.K.

Berlin, den 23. März 2008
(wofür auch immer es gut sein mag, über meine Anwartschaften
Buch zu führen)

Liebe Ulrike, die erste Aufzeichnung ist der Luft anvertraut, und diese zweite hat vor allen Dingen den Zweck, mich selbst zu beruhigen: Durch die Anmutung der Schrift, durch die Vorstellung des Papiers. Sie beschäftigen mich, und ich wüsste gern mehr von Ihrer Hand und weniger durch meine Nachforschungen und Einbildungen. Die Ungeduld der Toten! Die allzu bekannte Rastlosigkeit, wenn es um die Erfassung des noch kaum Verstandenen und Durchdrungenen geht! Die Gier nach Stoff. So ging es mir immer in meinen ersonnenen Gemeinschaften, als Leser ebenso wie als Dichter.

Heute liegt die Stadt im Sonnenschein, und die alten, vertrauten Bäume beginnen auszuschlagen, zum zweihundertsten (oder noch öfteren) Male jung.

Die Gefahr von Geständnissen ist bei fortgesetztem Schweigen des anderen groß. Andererseits: Was bleibt Ihnen übrig? Gleichwohl, ich will die Gefahr nicht wahrscheinlicher machen und gehe ab – für heute.

H.K.

In der Nacht zum 25. März

Die Neigung zum Unmaß ist größer als die zur Ordnung – nämlich den helllichten Tag für die Eintragungen zu nutzen –, sehen Sie es mir nach.

Die Skrupel verringern sich, wenn der Mond scheint und nichts einen Schatten wirft, erst mit der aufgehenden Sonne nimmt die Kühnheit ab. Mein Tag besteht aus langen Spaziergängen, und alle Beobachtungen, die ich tagsüber sammle, kulminieren um diese Stunde herum zu einem mal quälenden, mal erheiternden Drang nach Verständigung. Als dessen Opfer Sie sich auffassen können – aber: Die Menschen sind schuld daran! Was geben sie für Rätsel auf, wie zerreißend sind die Gefühle, wie armselig die Einrichtungen, in denen diese untergebracht werden und ihren Frieden finden sollen.

Es ist viel von Ihnen und Ihren Weggenossen – Abweggenossen müsste ich sie nennen – die Rede in diesem Jahr, kaum ein Gang, der mich nicht an einer Schlagzeile, einem Buchtitel vorbeiführt, in denen Ihr Name fällt. Liebe Ulrike! Ich möchte mit Ihnen das Äußerste verstehen – ich darf im Schutz der Dunkelheit anfügen, dass ich kaum glaube, man könnte dafür größere Sachverständige ausfindig machen als uns beide. Was ist das Äußerste? Es ist die Gewalt in ihrer Zweideutigkeit. Sie gestaltet, und sie zerstört.

Es graut mir; wie immer beim Schreiben.

Die Nacht ist schneebedeckt; Grund genug, dem Frühling das Wort zu reden. Er wird sich hoffentlich bald in all seiner Verschwendung zeigen.
Ich dagegen will vorerst sparsam sein; noch ist wenig begriffen. Lassen wir uns Zeit.

H.K.

B., den 29. März

Wäre dies ein Kärtchen (dessen Vorderseite, Birken am Wannsee, kürzlich in einem Museum bestaunt, Sie gerne höher schätzen dürften als die rückwärtige beschriebene), es zählte nicht, es wäre lediglich ein Winken aus der Ferne. Dem Wunsch nach Nähe geschuldet.

Zu dem sich bekennt: Ihr H.K.

Und zu seiner Bestürzung auch. Warum verfiel ich auf Sie? Ist es dieselbe Weißglut, die ich vor Jahren, Jahrhunderten, noch heiß, in eine Form zwang? Was nun?

Berlin, den 1. April

Ich erwachte bei Vogelsang. Da ging mir durch den Kopf, dass, dem Mythos zufolge, dort, wo Orpheus' Haupt und seine Leier begraben liegen, bei Antissa nämlich, die Nachtigallen noch schöner als gewöhnlich singen. Und nahm mir die Freiheit, die Melodien zu genießen, so, als sei mein Haupt der Grund für so viel Wohllaut. Derlei kann man sich nun herausnehmen, ohne in die Verlegenheit einer Begründung geraten zu müssen.
Und stellte mir, solcherart beflügelt, weiterhin vor, dass Sie auf meine luftigen Einlassungen geantwortet hätten, und meine Furcht, Sie wären abtrünnig, bevor sich herausstellen kann, wovon, verflog.
Ihre innere Anteilnahme an diesem Zwiegespräch ist mir manches Mal ganz zweifelhaft und manches Mal ganz eigentümlich sicher, dann fahre ich geradezu beschwingt fort, mir unsere Gemeinschaft auszumalen, auch wenn das bedeutet, zweierlei Unheil zu berechnen. Anscheinend bleibt es – das Unheil – mein genuiner Stoff.

Stuttgart: Es ist mir eine gänzlich fremde Stadt, Sie müssten mir viel darüber schreiben, damit es mir wird, als sei ich da gewesen. Ich kenne natürlich Ansichten, weiß, wie die Hänge auf die Stadt einstürzen, ohne dass ein rechter Fluss ihr beisteht. Ein Wasser aber, gleich ob See oder Fluss, in dem die Welt Kopf stehen darf, ist an jedem Ort sehr wichtig. Sonst tut man es selbst.

Was rede ich da! Sie mussten ganz anderes in Stuttgart vermissen als Wasser und ganz anderes im Überfluss ertragen, Einschluss, Mauern. Aber dieser Entstellung der Welt ging die Ihre voraus, Ulrike, und nun folgt meine Heimsuchung. Wie es peinigt und rumort. Wie in alten Zeiten.

Obwohl wir doch jetzt, da wir tot sind und nur noch schlendern, nicht mehr eilen und nicht mehr kämpfen, auf weniger verbissene Weise über alles nachdenken könnten. Sind wir doch aus allen schlimmen Nöten, den familiären, den politischen und den künstlerischen gelöst. Liebe Ulrike! Ich schreibe Ihnen als Veteran der Liebe, als Veteran aller nur denkbaren Kämpfe. Darin sind wir einander gleich, und es bewegte mich in Oßmannstedt, die Spuren Ihrer Verausgabung zu sehen. Auf die zwiespältigste Art, die vorstellbar ist.

Ihre Kämpfe waren erbittert und bitter; gegen die Lügen, den Kleinmut und den Starrsinn. Aber ich werde wohl niemals an die Berichtigung der Welt durch Kriegsführung glauben können – von den eigentlichen Schlachten vermelden die Schlachtfelder nichts. Die meiner Zeit ließen sich noch besichtigen, man konnte sie anrührend wörtlich nehmen bei aller Schrecklichkeit, die Ihrigen sind abstrakter und atomisiert in den Blutbahnen des Staates, den Atemwegen der Gesellschaft, den Kapillaren der Haut.

Die Schlachtfelder, die in unseren Herzen liegen, sind die unsichtbarsten von allen. Und niemals sollten wir aus ihrer Anwesenheit in uns schließen, wir hätten das Recht, sie anderen zu bereiten.

Aber genug von Verheerung.

Mein heutiger Spaziergang führte mich um den Lietzen-

see, zu dem sich die Trauerweiden im zuversichtlichsten Flor des Jahres, hellgelb, neigen. Die Schwäne strahlen, und die Blesshühner führen sich närrisch auf; die herrliche Fraglosigkeit eines Programms! Die kleinen Wellen, die sich mitunter durch den Balztanz bilden, schlagen mit dem schönsten Glucksen an das sandige Ufer, das man sich vorstellen kann. Wie erste Kindheitslaute, Lallen, Brabbeln; die Musik des gestillten Appetits.
Auf meinem Rückweg kehrte ich ein. Dazu morgen.

H.K.

Berlin, den 4. April 2008

Liebe Ulrike,
ich stelle mir vor, Sie hätten mir erzählt: Wie Sie durch den Stuttgarter Schlosspark spazieren (den es gibt, das weiß ich auch) und alle Hunde Ihnen zu Füßen liegen, zum Erstaunen ihrer Besitzer, die Sie ja nicht sehen können; wie Sie sich niederbücken, das Tier kraulen und streicheln mit großer Vorsicht – nicht aus Angst! Nein, weil Sie wieder wissen, was Sie einmal wussten: Dass man nichts überstürzen darf, dass Nähe entsteht und nicht erledigt wird, dass Blickwechsel Ruhe brauchen. Dann gehen alle weiter ihres Wegs, der Hund pinkelt mal da, mal dort, sein Eigentümer hat ihn nach der Begegnung mit Ihnen angeleint. Darüber müssen Sie lächeln – und zu Ihrem Lächeln ist bereits alles gesagt. Ich will mir vorstellen, Sie liebten die Kreatur. Gegen alles Katastrophische. Grausamkeit verträgt sich mit beinah allem. Wir haben es erfahren, Sie haben es als Erfahrung auch anderen zugemutet, ich kenne es von innen.

Ich habe in meinem letzten Brief versprochen, von meiner Einkehr zu erzählen, («morgen» sagte ich wohl – aber so genau nehmen wir es gottlob nicht mehr); es ist ein eher düsterer Ort, der *Narkosestübchen* heißt und Schmalzstullen feilbietet neben all den Getränken, die für die Narkose sorgen. Es gibt im Hintergrund eine Maschine, beständig klimpern und klirren Gewinne und Verluste, und dort, wo das Stübchen am dunkelsten ist, in einem schmalen Gang, der zu den Toiletten führt, dort hängt eine kleine Voliere mit einem ausgestopften Finken. Immerzu stoßen sich die Gäste den Kopf an den Gitterstäben, doch der Vogel ist zum Singen nicht mehr zu bewegen, es fehlt das Licht. Keiner hat je berichtet, wie Käfig und Fink zueinander und dann ins *Narkosestübchen* fanden.

Dort sitze ich an einem Tisch, die Tür vor Augen, und betrachte, selbst ungesehen (wie geht es Ihnen damit – bereitet es Ihnen denselben Genuss wie mir?), wer hineinkommt. Meist Männer, und das zu Tageszeiten, an denen gearbeitet werden würde, gäbe es eine Arbeit. Sie haben gelbe Finger vom Rauchen und die Gier nach Bier im Blick. Krumme Rücken über der Theke, wenig Gespräch, gelegentlich ein Streichholz, das ausgeliehen wird, als Gesprächsersatz. Sie reden, wenn sie reden, noch knapper als der gute Friedrich Wilhelm III., der mehr schnarrte als sprach und die Sätze ihres Endes beraubte.

Kürzlich, in einem anderen Lokal als dem gerade beschriebenen, sah ich Sie in einer dieser Sendungen, die neuerdings täglich wiederholt werden: Sie saßen in einer reinen Männerrunde, alle rauchten, und die Rauchschwaden gaben ihrem Gesicht etwas Weiches und Unbestimmtes. Perlenkette, die Haare frisch frisiert, Lippenstift. Eine eindrucksvolle Frau, die männlich sprach, in Feststellungen, ohne die Stimmhebung am Ende des Satzes, die Frauen so häufig zu eigen ist. Wie mir das gefiel. Das Amphibische.

Vielleicht schelten Sie mich einmal wegen dieser Mutmaßungen und Deutungen. Dann würde ich antworten: Lassen Sie mich irren. So lange, bis es stimmt.

Ihr H.K.

morgens um fünf, also bereits am 5. April

In Ihrem Brief, den ich im Traum erhielt, sagen Sie mir, ich sei mädchenhaft. Im Äußeren, in der Sprache eine Frau. Sonderbar, wunderbar! So ergeben wir mit den Beimischungen überkreuz doch ein Paar. Wie habe ich es gehofft. Wie fürchte ich es.

Die Welt ist still um mich herum, noch ist es finster, der Tag wird ausgebrütet und in weniger als einer Stunde über uns hereinbrechen; in meinem Fenster keine Spiegelung, obwohl ich mich rege – aber was schert es einen (wie mich). Ich fühle mich lebendig in den Auf- und Abschwüngen der imaginierten Schrift, den Tränen und Träumen aus erdachter Tinte.

Könnte ich die Weltläufe rückgängig machen, ich würde es einrichten, dass wir gemeinsam stürzen! Dann wäre es wie Fliegen, ein Aufschwung; gegen alle Gesetze der Schwerkraft und erdverhaftete Vergänglichkeit.

Sie Phantast! höre ich Sie ausrufen. Sie haben keine Ahnung! Sie schritten nie zur Tat! (Außer der einen, letzten.) Sehr wohl, ich phantasiere und bilde mir ein, ich verleibe mir alles ein und gebe es so lange nicht her, bis es eine Gestalt hat, die begreiflich ist. Also bei und durch Berührung einleuchtet. Das Schlimmste eingeschlossen. Deswegen muss ich Anteil an Ihnen nehmen, Sie sind mein Fall. Wenn die Sonne aufgeht, will ich weiter über Ihre Furien, meine Furien nachdenken.

Vorher aber lassen Sie mich noch von einer Bekanntschaft in unseren Kreisen berichten, die ich unlängst machte und von der ich meine, er wäre Ihnen, wenn es möglich wäre, zum Freund geworden.

Es ist einer von uns Freitoten; er hat sich wohl vergiftet oder ist aus dem Fenster gesprungen, einmal machte er im Vorübergehen, auf ein Haus deutend, das den letzten Krieg überstanden hat, rosa verputzt ist und eher wie ein gutwilliges Familienobdach wirkt, eine Bemerkung, aus der ich das schloss. Genau genommen kümmert es mich nicht, wie; beim Selbstmord küsst sich jeder selber tot, auf die eine oder andere Weise. Marius, so heißt er – ist nicht Marie Ihr zweiter Name? –, schrieb Bücher, Gedichte auch; nun, ich lese nicht mehr, außer im Vorübergehen, kann folglich nichts dazu sagen, aber was mich interessierte, war seine Auffassung, alle Dichtung mit dem Körper hervorgebracht zu haben (dem Gebären nicht unähnlich) und mit jedem Neuen zu Recht ein wenig mehr zu schwinden, geradezu im Sinne einer materiellen Auszehrung. Sonst, meint er, wäre Erfahrung nicht erfahrbar zu machen – und dass dies statthabe, schulde man dem Leser wie dem Kind. Und das von einem Mann!

Nicht von ungefähr kommt es womöglich im Deutschen, dass schöpfen und erschöpfen nur mittels einer kleinen Silbe einen Unterschied anzeigen, und auch den lediglich bei bestimmtem Gebrauch. Ich wusste jedenfalls gleich, wovon er spricht, beschränkte mich gleichwohl aufs Zuhören.

Es wird hell! Gottlob, werden Sie denken, dieser düstere Kerl. Ich will Sie gleich eines Besseren belehren: Der Tag soll licht beginnen. Denn mir gegenüber, nur durch den Hof und Garten getrennt, freuen sich zwei ihres Lebens und ihrer Liebe. Anscheinend ist die kleine Dachkammer ihr geheimer Treffpunkt, sie entledigen sich ohne Umstände ihrer Kleidung, noch im Dunkel (ich sehe alles) oder bereits bei hellster Beleuchtung (denn von mir können sie nichts wissen) und beginnen ihre wechselseitige Erkundung. Ich denke mir, dass die Heimlichkeit, das Verschwörerische einer verborgenen Liebe auf diese beiden so wirkt, als würde man gewöhnlichem Wasser Sprudel zuführen.

Der Mann trägt eine Brille, und kaum ist er der Frau auf Armlänge nah, nimmt sie ihm die Brille ab. Mit einer Geste, die so viel Schwung und Grazie hat, ich möchte fast sagen: Reiselust! – der Beginn einer Lustreise – dass mein Herz aussetzt. Endlich ist die Liebe blind, und sie, die Frau, sieht jetzt mit ihrer Wange, wie er glüht.

Ich gebe zu, das ist beinahe ein Zitat. Neue Federn wachsen mir nicht.

Ihr H.K.

Berlin, den 7. April

Liebe Ulrike,
Sie fühlen – hätten Sie schreiben können, schrieben Sie mir – Zweifel an der Lauterkeit einer solch heimlichen Liebe. Vorausgesetzt, meine Augen trögen mich nicht und unterstellten einem gewöhnlichen Liebespaar verbotene Leidenschaft (Meinen Sie damit, ich sähe immer das, was ich mir wünsche zu sehen? Ging es so in Oßmannstedt zu?).
Ehebrechen, hätten Sie mich belehren können, sei aber nicht mehr als ein dummer Reflex auf konventionell Vereinbartes und speise sich letztlich aus dessen Bestätigung – auch bei Zuwiderhandlung.
Nein, so rechtsbeflissen und begrifflich sprächen Sie gar nicht – oder nicht mehr –, Sie stellten das Sprechen ein – war es Sprechen in Oßmannstedt? Oder Schweigen, das ich füllte?
Gibt es ein Reden nach dem Scheitern? Oder ein Scheitern, das den Tod überlebt?
In Sachen des Liebespaares schelte ich mich wohl selber, denn ich berichtete heiter von Dingen, die mich nichts angehen, noch nie angingen, aber immer betrafen.
Ich stelle mir vor, ich bilde mir ein, Sie hätten mich einmal zitiert, in einer Ihrer furiosen Predigten (als solche lese ich vieles von Ihnen): *Denn wer das Schmutzge anfaßt, den besudelts.*
Wir haben beide den Schmutz erlebt, den Schmutz zweier

sehr unterschiedlicher Jahrhunderte, und es ging uns beiden um Reinheit. Nur mittels welcher Kraft? Halt – das ist ganz unrichtig, dafür fehlte uns – auch aus Einsicht in die Geschichte, aus Kenntnis der menschlichen Schwäche – die Zuversicht. Oder doch nicht?
Ist es das Ausmaß des Schmutzes und der Verrohung, das Sie bezeugen können, bezeugen mussten, das erst das Kinderopfer, dann die Zerstörung, dann die Selbstzerstörung herbeiführte? Ich will verstehen und kann nicht billigen. Man kann die Barbarei nicht mit barbarischen Mitteln bekämpfen.

Sie wissen vielleicht von meinem alten Vorhaben, ein Magazin der Seele zu führen. Was ja nichts anderes bedeutet als Warenlager und Sammelstelle für Neuigkeiten – ein unwirtlicher Ort also, in dem die traurigen, schadhaften Besitzstände neben frischen Hoffnungen, die am nächsten Morgen schon verblüht sind, gehortet werden. Und feilgeboten. Wem bloß.
Es fehlten die Abnehmer für unsere Gaben.
Mein Brief verdross mich so – das notwendig Tönerne daran –, dass ich aufbrach. Nun bin ich zurück, nicht erfrischt, aber abgekühlt.

Hoch oben in der Pappel (Sie wissen schon, die am Lietzensee, Gefährtin der Trauerweide) nistet eine Krähe. Wie behutsam sie mit ihrem gewaltigen Schnabel, der tödliche Hiebe versetzen kann, ein paar Hälmchen ordnet für die zu erwartende nackte Brut.
Für diese Einsicht braucht man selbstverständlich keine

Krähe, der Anblick der menschlichen Hand erbringt dieselbe.

Für heute schließe ich, es ist kein Auskommen zu erwarten.

Ihr H.K.

Sonntag, der 13. April 2008

Liebe Ulrike, Sie sehen, ich habe Ihren Rat befolgt und mich einige Tage gründlich gelüftet! Nun ist mein Kopf klar wie das Wasser des Lietzensees – den Sie, hier verrate ich es, schon so viele Male mit mir umrundet haben – und sitzt fest a.a.O. Demnächst, da bin ich sicher, wird er wieder wackeln.

Nicht weit von mir liegt die evangelische Kirche von Charlottenburg, dorthin ging ich gestern abend und hörte mir Choräle meines Namensvetters Heinrich Schütz an, im Programmheft starb er mit jedem angeführten Choral ein Jahr später. Also: *Tröstet, tröstet mein Volk*, 1673, *So fahr ich hin zu Jesu Christ*, 1674 und *Verleih uns Frieden gnädiglich*, 1675. Das erheiterte mich! So gesund das Schöpferische, dass es unser Leben verlängert! Welchem Tropf fiel das wohl ein.

Und ich fragte mich, welche Art von An- und dann Abwesenheit die Töne hätten, die den Pfeifen entwichen – es lässt sich erklären, was mit dem Schall passiert, selbstredend, dennoch blieb die Vorstellung reizvoll, sie wären noch da, nur unhörbar. Somit würde ununterscheidbar, ob es an der Ferne liegt, dass wir sie nicht mehr hören oder an der verstrichenen Zeit. Nun verfeinern und steigern wir unsere Wahrnehmung mittels der Einbildungskraft derart, dass wir sie wieder hören, die Musik und die Seufzer anderer Räume, den Blutrausch anderer Zeiten. Das ist die Oßmannstedtsche Aufforderung – und Zumutung.

Ganz unvermittelt befällt mich die Gewissheit, Sie sähen

es anders, sähen darin sogar die gleichmacherische Glättung gewaltiger Unterschiede. Seien Sie langmütig mit mir, wir sind erst am Anfang; und ich will Ihren Widerspruch, meinen Einspruch (denn der erhebt sich) ebenso bedenken wie die Übereinstimmungen. Nur einen Raum, den soll es geben, bewohnt von dieser Stimme, die einer schwierigen Kollision entspringt, aber keinem Brustkorb; luftig soll er sein und dennoch für alle Lasten ausgelegt.

Samstag, den 19. April

fast eine Woche schwieg ich – der vorherige Brief liegt unabgeschlossen vor mir. Etwas hindert und beschwert, und es ist nicht leicht, es zu benennen.
Fürs Erste nenne ich es Krisis, eine Krisis unter Soldaten. Die wir waren, unter so anderen Bedingungen. Nehmen wir einmal gemeinsam an (ich bitte Sie darum), Sie hätten mir empört geschrieben, ich hätte dem König als Soldat gedient, also zum eigenen Lebensunterhalt einen Sold fürs Töten erhalten: Der Gipfel der Obszönität, der Inbegriff des Untertans.
Sie indessen, eine Bürgerin, die sich auflehnt gegen ihren im Kern faulen Staat, billigten Gewalt aus Protest, aus Empörung, aus Resignation und machten sich damit nicht ordensträchtig, sondern strafbar. Und doch: welche Anmaßung.
An beider Ende die Selbstzerstörung.
Ich gebe zu, die Verankerung jeder Erklärung im Menschen selbst – in seinem Schlechten, in seinem Guten, in seinen ausgeglichenen Teilen wie in seinen rasenden – ist mit Ihren Erfahrungen, den Erfahrungen Ihres Jahrhunderts schwer überein zu bringen. Dennoch ist man davon nie erlöst. Darüber muss ich nachdenken. Ich will es tun auf dem Spaziergang, der sich diesen Zeilen anschließt.
Welche ich Ihnen ans Herz lege, auf dem ich bestehe.

Ihr H.K.

Berlin, den 20. April

Ach! liebe Ulrike, Sie ahnen beim ersten Wörtchen, dass der Spaziergang wenig geholfen hat. Aber haben wir nicht unbemessen Zeit, sollten wir nicht Engelsgeduld üben?
Ich schicke mich ins vorerst Unfassbare und glaube, Sie gestehen uns und der Schwierigkeit der Sache selbst zu, nicht auf Anhieb begriffen und gesagt werden zu können. Wie gern wäre ich kühner als die Sprache erlaubt, klüger als die Sprache erlaubt! Wenn wir beider Einsichten und Anstrengungen zusammenlegen könnten – dann, womöglich, werden wir Worte finden für die Verletzungen, die vorliegen und zugefügt wurden.
Das heutige Datum bezeichnet einen schauerlichen Geburtstag. Marius wird nicht müde, mir damit zuzusetzen. Er selbst kam zwei Tage (und viele Jahre) später zur Welt, und er erzählte mir, wie sehr seine Mutter fürchtete, ihr Kind könnte das Geburtsdatum mit dem Verbrecher teilen. Ich weiß nicht recht, was ich davon halten soll. Nun heißt zwar Kalender eigentlich Schuldbuch – aber die Geburtsstunde, nicht weniger als der Zeitpunkt der Zeugung, bleiben ein belangloser Zufall. Aber Marius hat gewiss recht, wenn er ausführt, dass das Bösartige Ihres Jahrhunderts so prächtig gedeihen konnte, weil es allenthalben auf bereits Befallenes, auf zersetzte Gesundheit stieß. Die erlebte sich, furchtbarer Irrtum, in der planmäßigen Zerstörung als vital.
Ich halte inne, auf eine Art Abwinken Ihrerseits hin, das ich innerlich fühle. Zu bündig? Zu rasch? Sie haben recht.

Und ich kann nicht anders, als um Erkenntnis zu ringen. Das erzeugt reichlich Spreu.

Auf meinem Weg, vielmehr auf meinen Umwegen – mehr Mäandern als Wandern – traf ich Marius. Er stand vor einem Abfallbehälter und las die Überschriften einer weggeworfenen Zeitung, schließlich, durch einen Umstand verdrossen, der vor meiner Ankunft gelegen haben muss, begann er sich zu empören, über Dichterkollegen, die ihm noch vertraut waren und nun unverdientermaßen gescholten oder belobigt wurden. Ich lachte herzlich und zog ihn im Geiste an den Ohren. Wir flogen ins *Narkosestübchen* ab. Wälzten daselbst arithmetische Probleme (wo sind die Frauen, die doch mehr als die Hälfte der Berliner Bevölkerung stellen?) und zählten die Kollisionen mit dem Vogelbauer. Marius meint übrigens, Letzterer sei einmal Requisite bei einer Zauberflöte-Aufführung gewesen; daran schloss sich weiteres Schimpfen über den Naturalismus des Bühnenbilds, überhaupt über das Requisitäre aller Beziehungen, die man nicht mehr als vergänglich, sondern austauschbar erlebe. Dann folgte ein Exkurs über die neuen Gecken, wie er sich ausdrückte, die selbsterklärten Adligen unter den Literaten und Kritikern, die sich sonnen im Licht, das sie anderen entziehen.
Warum erzähle ich Ihnen all das? Weil das Nichtige wohltut. Ich rufe es nach Stuttgart; in dessen Talkessel möge es so widerhallen, dass es zu Ihnen dringt. Nehmen Sie es anstelle einer echten Handreichung.
Tote haben keine Wünsche, kein Verlangen? Nun, dann bin ich nicht tot.

Und der Tag ist um, wir nähern uns erfreulichen Geburtstagen oder befinden uns bereits mitten darin: Shakespeare!
Ob Sie ihn mögen? Falls ja, würden wir uns darin nicht weniger begegnen, als in Oßmannstedt.

Ihr H.K.

N.S.
Vor allen Dingen die Sonette:
All days are nights to see till I see thee,/and nights bright days when dreams do show thee me.

Was soll die Zitiererei, ich sage es lieber so: Der Tag ohne Sie bleibt Nacht.
Sie Nachtschwarze.

einen Tag später

wie ist dieses Berlin grobschlächtig. Das Reden ist hier eine Form des Waffengangs. Das ist sicherlich in Stuttgart ganz anders – das Schwäbische scheint mir wie die warme Auskleidung eines Fauteuils, in das man sich getrost zum Nachmittagsschlaf niederlässt.
Vermutlich ist das eine zu milde Ansicht, die Sie mir austreiben werden.
Verbrachte den Vormittag damit, nichts zu «tun» und mir Ihr «Nichtstun» (wir Toten verdienen nun Anführungszeichen) vorzustellen – der laxe Umgang mit Zeit ist unser größtes Privileg, längst ist sie nicht mehr kostbar, längst ist es nicht mehr kostspielig, sie zu verschwenden. Zwanzig Jahre, zwei Minuten, einerlei, ein sonnenbeschienener Märznachmittag im Thüringischen: einzigartig, anhaltend. Das könnte einen beinah ausgelassen machen, eine solche Übernahme von posthumer Regie, eine solche Zeitherrlichkeit, von allem Ökonomischen befreit, aber selbst den Gott fand ich zu Lebzeiten nicht, auch nicht als verlassenden. Ich trug alles den Menschen nach.
Vor meinem Fenster große Bewegung, außer mir kein weiterer unsichtbarer Gaffer, irgendwelche Händel, man umsteht ein Fahrzeug, ein Auto (so sagt man ja wohl) und bellt sich gegenseitig an.
Ein Schauspiel, das nicht gerade angetan ist, meine Verfassung zu bessern.

Nun, einige Stunden danach, bin ich erst recht betrübt. Sie sind schuld. Ich streifte umher, wie so häufig, diesmal allerdings besuchte ich nicht die Schwäne am See, sondern eine nahegelegene Buchhandlung. Und traf auf einen Tisch in der Mitte des Geschäfts, beladen mit Büchern zu Ihrer Bewegung, Gruppe, Horde (schon die Benennung stürzt mich in Verlegenheit), begann zu lesen, blieb, las über Sie, von Ihnen, wie Sie, in Not, genötigt, aber selbst auch nötigend, die Sprache erbrachen, brockiges Gestammel, schleimige Wut, ätzende Sätze. Monströse Fortpflanzung befallener Wortlaute, die auf kein Verständnis mehr zielten. Eine verschluckte Aggression, eine Verwandlung aller Zumutungen in eigene. Die Zersetzung hatte sich festgesetzt im Gewebe der Sprache, das Gift, das häufig genug in der Kreide steckte, welche die Regenten gefressen hatten und das ihre falsche Zunge unschuldig weiß belegte, wenn sie diese vorzeigten beim Lügen, war in alle Organismen, auch den Ihren gesickert. Und nun spieen Sie es aus. Wortungeheuer: *man pisste sich die Seele aus dem Leib, das Gehirn schrumpelte einem allmählich zusammen, wie Backobst, das Gefühl, die Schädeldecke müsste eigentlich zerreißen, zerplatzen* usf. Ich saß wie erschlagen. Das Buch in Händen tatsächlich wie der heikelste Kassiber. Und die schrecklichste Bedrohung – auch jetzt – für alles, was ich je geschaffen habe. Das Wort zu erheben war immer ein Akt der Menschlichkeit, auch da, wo es um Unmenschliches ging.
Wie anders Oßmannstedt! Neben Spott gab es dort Trauer, Ruhe und Ihre Augen – oder nur meine? Oder irrte ich seinerzeit, als ich annahm, noch das Schrecklichste ließe sich gestalten? (Und folglich von der Gegenseite, dem Leser

und Zuschauer, verstehen). Zugegeben, meinerseits nur unter Krämpfen und unschönen Qualen, Erbauung im ursprünglichen Sinn erreichte ich nicht. Aber ich baute aus der Sprache, ich baute auf die Sprache bei immerwährender Angst vor ihrem Kollaps und im immerwährenden Bewusstsein ihrer Dürftigkeit. Der einzige Entschluss in meinem Leben: Weder das eine, noch das andere zu dulden.
Wer, Ulrike, waren in Ihrem Leben die beiden Rappen, an denen Unrecht verübt wurde und für deren Wiederherstellung Sie töten ließen und selbst in den Tod gingen?

Furchtbare Unruhe befällt mich – ich muss sie an die Luft tragen!

H.K.

Berlin, den 24. April

endlich ist es Nacht. Das Licht schmerzte, weil es keine Klarheit brachte.
Auch jetzt habe ich sie nicht, wohl aber ein bestürzendes Gefühl der Zusammengehörigkeit. Folgende Gewissheit legt es erneut bloß: Es ist Gewalt, die uns verwandt macht. Es ist die Art des Verkehrs mit ihr, die uns trennt. Zu mehr als dieser schrillen Feststellung reicht augenblicklich die Kraft nicht. Ich will daher zurückkehren zu unserer Kollision in Oßmannstedt, zum Zu- und Unfall unserer Begegnung, zum Befall meines Herzens.
Sie erinnern sich an Ihren Ausdruck beim Anblick Rollschuh fahrender Mädchen im Ort? Als wollten Sie sagen: *Diesen Schwung hatte auch ich einmal!* Da gingen Sie mich an – notwendig.
Wir sprachen – oder was immer es war, das wir taten – über Familie, über ihre Macht bei gleichzeitiger Brüchigkeit. Sie ist ein Verhängnis, das über den neuen Zuwachs hereinbricht ohne die geringste Möglichkeit der Gegenwehr. Darum ist Erinnern neben dem reinen Nachvollzug und der Erfassung immer auch eine Kriegserklärung und Auflehnung gegen das Vorgefundene, vor allen Dingen aber, und ich spreche nur für mich, ist dies – sich aufzulehnen – die Aufgabe des Schreibens.
Es muss aus diesem Grund unerhört sein.
Sie, Ulrike, so las ich, verweigerten oft den Gehorsam, bereits als Schülerin. Mein Ungehorsam vollzog sich inwen-

dig, *by heart*, wie die Engländer sagen. Die glücklosen Versuche, ein Amt auszufüllen, schließlich die endgültige Absage daran: Ich lebte es als Schmach, weil die anderen so befanden und mir den Stolz angesichts der Umsetzung einer klaren Einsicht damit vergällten. Auch wenn ich es besser wusste – bis ins Mark haben mich die Erwartungen, die Abhängigkeit der Anerkenntnis von Verdienst als Verdienst geprägt. Jetzt bin ich der zeitlebens ersehnte Chronist und Aufschreiber von – ja, wovon? von inneren Verwerfungen, äußeren Irrtümern? –, der sein formloses Wesen (tot dürfen wir es endlich haben!) noch immer der Form, also der Durchdringung, widmet.

Zurück zur Erzählung.

Was taten wir dann? Wir wanderten zwischen den Feldern, ein scharfer Wind, ungnädiges Licht. Der März ist die letzte Prüfung des Winters, umso härter, als es schon die Vorboten kommender Milde gegeben und diese uns entsprechend gestimmt hatten. Wir besangen unsere großen Schwestern, die Verbündeten im Nahkampf. Wir beugten uns gleichzeitig nach etwas Glänzendem, das sich als Kronkorken herausstellte. Sie behielten es, zur Besiegelung, wie Sie mir zu verstehen gaben, unserer Begegnung und zum handfesten Nachweis ihrer Wirklichkeit.

Und ich schaffe meinerseits mit diesen Anschreiben handfest Unmögliches.

Ganz der Alte.

H.K.

wie er im Buche steht: Mit einem solchen könnte man durchaus auf anderen Planeten für unseren werben – unlauter, wie in jedem Prospekt, der Paradiese bebildert. Wir sind jedenfalls auf einem Wandelstern als Passanten unterwegs, immerhin das geht nun vortrefflich zusammen.

Gerade fällt mir auf, dass – nicht zum ersten Mal – eine Anrede fehlt, tatsächlich handelt es sich längst um ein Journal. Und doch bleiben Sie die Adressatin, die innere Ausrichtung, der Norden, nach dem der Kompass zeigt – die Vergewisserung, die ich mir hier zum Anliegen gemacht habe oder die ich als Auftrag mitnahm, diese Vergewisserung schließt Sie ein. Wie in vielen Schicksalen, die ich schreibend bedachte, reflektieren sich auch in Ihrem (darf ich Schicksal gebrauchen? – vorerst wenigstens) die Spuren vorangegangener und einverleibter Katastrophen und Verhängnisse. Ich sagte es in der ersten Eintragung: Wir müssen einander behelligen.

Ich unterbreche mich selbst. Als stünde ich am Katheder, so schrieb ich gerade! Als hielte ich einen gewaltigen Schlüsselbund zu den Rätseln der Welt in Händen. Wahr ist allerdings, dass mich, so wie ich veranlagt bin, beschäftigen muss, in welchem Drama Sie die tragende Rolle innehatten, in welchem Drama Ihre Schonungslosigkeit zu einem solchen Ende führte.

Durch das offene Fenster dringt Glockenläuten aus dreierlei Richtungen, kein Wunder, dass es die Schäflein so versprengt. Ich habe längst aufgehört – wie ich es früher, aber bereits post mortem gelegentlich tat – in Andachten und Gottesdienste zu gehen (nur in Konzerte); verhasst ist mir der Predigtton, die Drohgebärde, die selbstgewisse Bewaffnung mit Bibeltexten, die noch immer gültige Praxis des Ablasses, gleich um welche Konfession es sich handelt. Ich sehe die Damen und Herren Pfarrer ohne das Ornat, und die wenigsten überstehen die Entkleidung würdig. Nicht anders als im Fall unserer Lehrer und anderer Staatsdiener: Entfernt man die Uniform, entstehen gleich heftige Zweifel an der Gegebenheit der Person – zumindest beim Betrachter. Das ist gemein; ich weiß, aber diese Spitze wäre überflüssig, machten sich die Uniformierten selbst die Mühe dieser Überlegungen vor der Annahme des Amtskleids. Sie, die Mühe, wäre ihnen mit Gewissheit anzusehen.
Beim Schreiben dieser Luftpost zog ein Gewitter heran, noch ist es vor mir hell, aber hinter meinem Rücken grollt es bereits.
Wenn es soweit ist, werde ich mich – sozusagen – auf der Matratze ausstrecken und dem Toben zuhören, den Donnerschlägen und Blitzen – Entladungen, die aus Zusammenstößen entstehen. Danach ist die Luft ein weitaus schönerer Stoff als die Haut.

Es war hervorragend. Der Himmel sieht nun aus wie frisch gefegt, noch ein wenig blass vom Schreck, die Atmosphäre ist jungfräulich. Wie schade, dass wir eine solche Reini-

gung nicht erfahren können. Sonst bestellte ich jeden Tag ein Gewitter und schickte es Ihnen, wenn es in Berlin gewirkt hätte, nach Stuttgart.
Übrigens war ich einmal zu Ihrem Haupt – also im Norden – in Marbach am Neckar, Schillers Stadt, das Steile gefiel mir und das Milde, auch wenn es mir etwas eng ums Herz wurde. Die Überschaubarkeit verführt zum Reimen; und alles geht restlos auf. Nicht meine Sache.
Dies ist ein langer Brief geworden, ein langer Gruß ins Ungewisse. Das wäre ich selbst mir als Adressat allerdings auch.

Ihr H.K.

Berlin, den 2. Mai

Nun ist es Mai geworden, Ulrike, über unseren Entwürfen. Die letzten Apriltage brachten nichts zuwege, das ich hätte aufschreiben mögen.

Noch immer der erste Akt. Wie schön wäre es, einen zweiten einzuleiten durch eine weitere Begegnung in Oßmannstedt. Es bliebe auch dann ein Stück von ungewissem Aggregatzustand, materialisiert es sich doch irgendwo in der Luft, die wir gemeinsam atmen in den Momenten größter Empfindlichkeit und Empfänglichkeit. Wenn diese schwinden – und sie müssen schwinden (und wiederkehren), nicht anders als Wind – ist es unlesbar, gelöscht.

Ihnen gehören meine Auslassungen, Ihnen gelten Sie.

Das Liebespaar, von dem ich unlängst erzählte, fand sich gerade ein. Für mich als Schattenriss. Ihre heftigen Gefühle führen sie wie ein Choreograph durch das Zimmer, immer wieder tauchen sie aus ihrem Reigen hinter der Scheibe auf, es ist helllichter Tag. Wer weiß, von welchen Pflichten sie sich gegenseitig entbinden; sicherlich ist diese Abhebung vom gewöhnlichen, in seinen Dienst gesperrten Mitbürger aber ein schönes Gewürz.

Marius – den Sie mittlerweile ja auch ein wenig kennen – erzählte mir von seiner traurigen Liebesgeschichte, deren schlechter Ausgang ihm die Lebenskraft raubte. Die Frau, die er mit geballter Unvernunft liebte, war Politikerin, verheiratet mit einem Politiker. Zwei wichtige Persönlichkeiten, deren Ehe als vorbildlich galt, man zog im selben

Geschirr, die Richtung stimmte immer. Dann geschah ihr Marius, Träumer, Hitzkopf, Dichter und alles andere als ein dem Gemeinwohl verpflichteter Würdenträger. Sie verfiel ihm, sie sah das Ungeheure in dieser schmucklosen Liebe – aber sie war zu schwach, um am Ende zu sagen: Was kümmert mich die Reputation? Ich gesteh's und hoffe, dass wir alle es aushalten und einen guten Umgang damit finden. Und kehrte zurück in ihre alten Verhältnisse, die fortan gefeiert wurden, auch mithilfe der anstandslos gewährten Unterstützung der Öffentlichkeit. Marius sagte, kaum eine Woche sei in jener Zeit – einige Jahre zurück – verstrichen, ohne dass nicht in der einen oder anderen Zeitung die exemplarische Ehe, die großartige Solidargemeinschaft des Paares gerühmt wurde. Er dagegen fand nichts mehr zu rühmen.

Das ist sehr unpolitisch. Warum ist das so? Warum gibt es Menschen, die eine Sache, eine Haltung derart verfechten, dass ihnen die auf Liebe gegründeten Beziehungen, außer sie gehören zu derselben Kampfgenossenschaft, kündbar werden? Und wiederum solche, die keine andere zuverlässige oder gültige Bindung an die Welt sehen als durch die Liebe.

Das frage ich Sie. Und mich.

Von den nicht unerheblichen Unterschieden einmal abgesehen, haben wir beide wohl das Talent geteilt, unter allen Umständen das Unglück zu finden. (Und ich, in diesem Satz, das «u» – Buchstabe des Verneinens.)

In der Tragödie, die ich schreiben würde, wäre es mir noch vergönnt, mich einzumischen, begänne ich mit Ihnen als dreizehnjährige Schülerin, die morgens um vier aufsteht,

um Geige zu üben oder Vögel zu beobachten. Die im Schlussakt erneut morgens um vier – beim Auftritt der Nachtigallen – aufsteht und ihr Bettlaken zum Strick dreht. Omnia vulnerant, ultima necat. Alle Stunden haben Wunden zugefügt, allein die letzte Stunde tötet.
Dazu nicht mehr.
Wir sind früh verwaist – aber sind das nicht viele? Und hat langes Leben der Eltern nicht vielen auch alles erschwert? Müßige Fragen, anscheinend bin ich in der Laune, die solche hervorruft. Weder Sie noch ich glauben an solche Erklärungen, und ich verwerfe sie hier auch in Ihrem Namen. Als Erklärung; als Trost können solche Übereinstimmungen im Geschick durchaus dienen, ich gestatte ihn mir hier – freihändig.

In der Walpurgisnacht gab es viel Feuer in Berlin. Ohne Vollmond. Tage und Nächte sind nun exakt gleich lang. Die Besen mit dem Reisig nach oben an die Wand gelehnt – was steht heute kopf, zur Abwehr wovon?
Die brennenden Automobile, der Gestank, die Rottenbildung auf allen Seiten schienen mir beides: Archaisch und dumm. Die halbe Nacht Sirenen. Höchst merkwürdig, diese datumsgerecht ausbrechende Empörung. Aber Urteile aus dem Abseits sind wohlfeil, ich schenke sie mir lieber und erspare sie Ihnen. Vom vielen Umherwandern wird man nicht zwingend schlauer, und Gestaltung war mir immer wesentlicher als Analyse.
Am ersten Tag des Monats, in dem sich die Eheschließungen und die Suizide häufen, schien jedenfalls in Berlin die Sonne, so, als müsse sie alle Scharten des Aprils auswet-

zen, so, als könne durch Hitze Abkühlung der Gemüter erreicht werden. In der Luft hielt sich lang das Brenzlige der Nacht. In Stuttgart benahmen sich die Schwaben wohl braver? Mir kam nichts Gegenteiliges zu Ohren. Die hl. Walburga wirkt eben an jedem Ort anders.

Ich pausiere. Demnächst weiter – Ihre ungeschriebenen Zeilen zehren mich aus. Aber mit Rätseln hatte ich immer Umgang – den engsten.

Ihr H.K.

Berlin, den 6. Mai 2008

Zu meinem Amusement im Schaufenster eines Antiquars ein Paar silberne Kerzenleuchter gesehen aus dem Jahre 1880 für annähernd eintausendfünfhundert Euro. Wenn man den Tod nicht mitrechnet, ist das Leben wahrhaft kurz und die Kürze teuer. Wäre ich nicht inkognito, ich könnte die Leuchter anfassen und ihren Wert noch steigern – oder mindern. Aber nein, das ist Koketterie, ich weiß es besser, so verläuft die Ruhmeskurve nicht, im Gegenteil: steil nach oben seit dem Exitus.

Bei Ihnen gibt es wohl noch etliche, die nur mit Weihwasser bewaffnet die Schwelle übertreten würden, hinter der sie Ihren Ungeist vermuten. Die Frau, die aus dem Fenster springt und mit diesem Sprung alle Zuschreibungen – Ehefrau, Mutter, Polemikerin mit der Feder und mit Perlenkette – hinter sich lässt und den echten polemos, Krieg also, erklärt. Das blutige Feld der Schlacht hat nur noch mit Rot, nichts mehr mit Liebe zu tun, und die Bisse ersetzen definitiv die Küsse. Verwechslung ausgeschlossen.

Lieber Kleist, könnten Sie einwenden, *auch in der Politik gibt es ‹Kraft bloß und ihren Widerstand›, nicht nur in der Natur. Ihre Briefe empfange ich gern, auch wenn Ihre Lesart in mir mehr Rührung und Widerspruch als Überzeugung auslöst. Schreiben, winken Sie weiter!*

Gut, so lass ich mich trösten, auch durch die eigene Stimme. *(Lieber Kleist, wie müde ich bin. Dagegen sind Sie munter. Sie hatten auch mehr Zeit zur Erholung.)* Nein, Letzteres verwerfe ich – das ist nicht Ihr Ton. Ich mache mir zur Aufgabe, ihn zu finden.

Mag sein, dass ich hier – in Anlehnung an die Schwäne auf dem Lietzensee – Illusionäres ausbrüte. Aber ist nicht das Schwanennest wirklich? Sind es nicht die Widmung der Eltern, die Schalen?

Ulrike, Sie hätten sehen sollen, wie eifrig der Schwanenvater oder Pate (kennen Sie sich aus bei Schwanenpaaren?) Halme rupfte, sammelte, mit dem Schnabel zum prospektiven Nest schleuderte. Die Fein- und Kleinarbeit – also Anordnung des Geflechts – übernahm die Schwänin, die nun schon seit Wochen darauf sitzt, rundum vom Obengenannten versorgt. Da versagt die Analogie, aber das ist unwichtig. Wichtig ist die Hingabe.

(Lieber Kleist, sagte ich nicht, Sie wären in vieler Hinsicht weiblich? Bei anderer Gelegenheit etwas zu Ihren weiblichen Lebensentwürfen, die Frau als Dienstleisterin des Mannes, der Familie. Sie können sich denken, was ich davon halte. Nur als einen eigentlich von Ihnen selbst ersehnten Glücksentwurf – häuslich, unpolitisch – kann ich ihn deuten. Und ertragen.)

Liebe Ulrike! Ich versetze mich in Sie, verlasse mich dabei und gerate in meine Nähe, das ist eine Herzensanstrengung. Entsprechend müde bin ich. Aber Ihrer: H.K.

Berlin, den 9. Mai 08

Allüberall Gedenken an die verbannten, verbrannten Bücher. Meine wurden nicht angetastet, man hatte sie ja bereits reichlich missbraucht und zum wohlfeilen Klassiker versteinert. Und Steine brennen nicht. Früher hat Marius, so erzählte er mir, an solchen Lesungen aus den geschmähten Büchern teilgenommen; er stellte es ein, als er das Pathos der Unbehelligten nicht mehr ertrug. Wie schwer es ist, heutzutage ein politischer Kopf zu sein!
(Lieber Kleist, leisteten Sie nicht Vorschub? Mit Ihrem unbändigen Franzosenhass, Ihren patriotischen Gesängen, die man durchaus als Schlachtmusik empfinden kann?)
Ulrike, ich versuche, Sie zu hören. Sitze mal wieder zu zwittriger Stunde, um Ihnen zu schreiben. Weder hell noch dunkel. Der Himmel aufgespannt wie ein gewaltiges Zelt, so, als läge der eigentliche darüber – oder irgendetwas Schreckliches, vor dessen Anblick uns das Himmelsimitat bewahrt.
Und darunter unser Zirkus.

Zu Marius und mir gesellte sich gestern eine junge Frau, noch keine vierzig, die den Kopf in den Ofen gesteckt und sich mit Gas vergiftet hat. Eine weitere Dichterin! Sie trägt eigentümlich geplusterte Röcke mit enger Taille, dazu flache Schuhe. Marius hängt an ihr wie an einer Offenbarung. Sie sprachen über die Anstößigkeit der von ihr gewählten Todesart, ich saß ratlos dabei, später floh ich (es wird

sich noch zeigen müssen, warum) ins *Narkosestübchen*, in dem ich mit hoher Wahrscheinlichkeit der einzige – lebende oder tote – Dichter war. Besagte S. ließ zwei kleine Kinder zurück und ihren erfolgreicher dichtenden und erfolgreicher liebenden Mann. All das brachte mir Marius in kurzen Gesprächspausen flüsternd bei, denn er spricht Englisch mit ihr. Ich hätte mich allerdings auch in unserer Muttersprache kaum eingemischt. Ich vermisste die Heiterkeit; Heiterkeit, die aus großem Schmerz erwächst. Aus einer völligen Aufreibung in Sachen Welt. Die also das glatte Gegenteil von Sentimentalität darstellt. Und bin mir völlig darüber im Klaren, mir mit dieser Äußerung Prügel zu verdienen.
Hätte ich Kinder verlassen? Hier verzagt, hier versagt meine Vorstellungskraft. Es ist der Brennpunkt. Möglicherweise. Aber es kam ja in meinem Leben nicht von ungefähr nicht zu ihnen, zu einer Familie. Zur letzten Verrenkung – bei aller Wünschbarkeit einer solchen Idylle. Ich selbst habe sie oft genug ausgepinselt.
Belustigt hat es mich, festzustellen, dass unser beider Gehirn an allem schuld gewesen sein soll! Ihres hat dazu noch eine regelrechte Irrfahrt hinter sich. Erzählte ich Ihnen bereits, dass der Obduktionsbericht nun vielerorts in Büchern nachzulesen ist? Ein sehr schwankendes Gefühl, wie dort vom «denatus» die Rede ist. Die Obduzenten hätten allen Grund gehabt, an der Gesundheit ihrer eigenen Gehirne zu zweifeln, da diese doch solcherlei Mutmaßungen hervorbringen. Terrorismus und Imagination – beides ist ihnen gleichermaßen verdächtig, unheimlich und ordnungszersetzend. Ersterer zerstört, Letztere ist imstande, Zerstörung zu gestalten.

Im *Narkosestübchen* saß ich übrigens draußen, der Wirt stellt ein paar Tische und Stühle auf das Trottoir, sobald am Tag mehr als siebeneinhalb Sonnenstrahlen in dieses düstere Eck Berlins fallen. Sie kennen sicher die Geschichte von dem piemontesischen Bürgermeister, der einen Riesenspiegel hat anbringen lassen, damit wenigstens über die Reflexion der Strahlen sein Dorf im durch Berge verschatteten Tal erleuchtet wird. Herrlich! Nun gibt es wieder mehr Nachwuchs und der Bürgermeister darf auf Wiederwahl hoffen. Und die Orden blinken in der umgeleiteten Sonne.

Aber vielleicht interessiert Sie derlei Gesponnenes gar nicht? Und Sie lesen davon nicht, wie ich, im Vorübergehen oder in einem dem *Narkosestübchen* entsprechenden Stuttgarter Etablissement. Dann seien Sie mir nicht böse, ich erzähle Ihnen und mir en passant, denn es gibt nun einmal keine Botschaft. Nur Erkundungen. Und das Manifest der Sprache.

Ihr H.K.

Berlin, den 10. Mai

Lieber Kleist, Ihre patriotischen Ergüsse, an die ich mich noch aus der Schulzeit erinnere, finde ich ziemlich unausstehlich. Oder sagen wir so: Egal, ob staatstragend oder staatszersetzend, Pathos bleibt Pathos. Das verherrlichende Pathos ist monumentaler, das zersetzende ist galliger. Die rasende Schwärmerei, der Fanatismus hat sich längst zu seinem Gegenteil, dem Profanen, verkehrt. Auch Sie bescheiden sich mit exemplarischen Miniaturen, kleinen Beobachtungen, die in der Vergrößerung Maßgeblicheres freilegen. Glaube ich daran? Eher nicht.

Sie sehen, liebe Ulrike, ich neige zur Selbstablehnung, die ich der Einfachheit halber Ihnen übertrage (nein, es ist mehr: Ich bin mir einigermaßen sicher, Ihre Einwände zu erahnen – ich war immer von meinen Figuren ergriffen. Im Übrigen: Machten Sie diese, die Einwände, doch selbst!). Seinerzeit, meinerzeit, war der Feind jenseits der Grenzen, Nationalismus nicht wirklich bekannt, folglich auch nicht makaber; ich bezeichnete und erfasste durch die Vaterlandsliebe den Radius meines Wirkens und meiner Zuständigkeit. Ich wollte gehört, aufgeführt, gelesen werden. Gut einhundertfünfzig Jahre später war eine solche Liebe zum Land, zur Nation, zu den Regenten obsolet geworden, jedes Zugehörigkeitsgefühl musste mit der Gewissheit, unter derselben schmutzigen Decke zu stecken, leben – oder eben verkümmern, aufgekündigt werden.

Dafür ist ein Sprung durchs Fenster wie der Ihrige in Dahlem das einleuchtende Sinnbild. Auftakt zum ersten Akt;

die junge Klosterschülerin bei der Vogelschau im Morgengrauen wäre dessen Vorspiel.
Vorhang auf: Sie und die Ihrigen in Dahlem, über Bücher gebeugt, weniger aus Wissens- als aus Rachedurst, die Ankunft des Häftlings. Ein Handgemenge, Schüsse, der Sprung. Das Geld bleibt liegen. Reißender Abschied. Vorhang. Keine Zukunft, nur weitere Akte.

Ich wurde gestört. Gottlob, denn ich war schon wieder im Begriff, Sie zu rasch zu erdichten. Andererseits: Was sonst? Es ist nicht leicht für uns Tote, dazuzulernen. Zeit meines Lebens habe ich über Verblendung nachgedacht; Verblendung aber, gleich, ob sie auf falscher Berichterstattung und unseligen Gerüchten beruht oder aus gerechter Empörung erwuchs; Verblendung also hört immer erst über Leichen gebeugt auf. Wenn überhaupt. Der Rosshändler – Sie erinnern sich?
Dafür muss man wenigstens den Toten zugestehen, Menschen gewesen zu sein. Das fällt schwer bei so vielen Scheusalen.
Aber ich wollte doch berichten, was mich störte: Ein Marder unter dem Dach! Er haust hier ebenso illegitim wie ich, aber deutlich geräuschvoller. Es herrschte ein Getrampel über mir, dass es mir die Sprache verschlug. (Sic!)
Dann wieder ein Kratzen und Schürfen, der Feder auf dem Papier nicht unähnlich. Ich fürchte, auch im Grad des Erratischen, denn der Sinn und Zweck des Tobens über mir erschließt sich keineswegs. Und so muss ich für heute schließen, denn die Vorstellung der Zeilen in ihrem unruhigen Auf und Ab, ihrem zittrigen Schwung, ihrer irren

Beharrlichkeit löst dieselbe Beklemmung in mir aus wie die sinnlosen Beschäftigungen des Marders oberhalb meines Schädels.
Es muss, wenn überhaupt, ein anderes Mal gelingen, mir Sie in einem Zusammenhang vorzustellen, der etwas freilegt und erklärt. Die historische oder mythologische Einbettung des Verhängnisvollen wie Komischen war für mich niemals ein Kostümfest. Nur eine notwendige Stilisierung. Ich mache mich auf!

Ihr H.K.

Berlin, den 19. Mai

Liebe Ulrike, ich freue mich an der Illusion, Sie hätten meine Nachrichten und Annäherungen vermisst. Und muss nach Lage der Dinge ja eine Besserbelehrung nicht fürchten.

Ich war verreist. Der Aufbruch kam zufällig. Gleich folgt ein kleiner Abriss.

Zuerst aber Fragen im traurigen Monat Mai: Betrüben Sie die Gedächtnistage? (Gottlob keine runden dieses Jahr – mir graut vor dem zweihundertsten.) Noch ist es nicht so weit – vielleicht aber in einer Zukunft, dass wir einander über die letzten Stunden Aufschluss geben können. Verzweiflung geht mir nah, selbst dann, wenn die Gründe ihres Entstehens dunkel oder fremd bleiben. Zu dieser Einfühlung verstehe ich mich durch unsere Oßmannstedter Begegnung beauftragt und befähigt.

Und die zweite Frage: Ist der Stuttgarter Regen auch von Gerüchen so trächtig, dass man in jedem Windstoß die ganze Welt zu schmecken meint? Hier ist es so. Mit Wind aus dem Osten, dessen theatralische Sprachen (wenn ich sie höre, fühle ich gleich die Bühne – herrlich, und vermutlich von mir so empfunden, weil ich keine von ihnen imstande bin zu sprechen) in Berlin überall zirkulieren. In den nassen Straßen herrscht die Euphorie des Erneuerten; der Sommerregen ist so willkommen wie sein herbstlicher Verwandter verhasst. Man wendet ihm sogar das Gesicht zu.

Genau dabei traf ich Marius an.
(Einmal schrieb ich wohl, er könnte ihr Freund werden – heute denke ich ein wenig anders darüber. Er wurde geboren, als Sie sich bereits mit aller Kraft gegen das Vorgefundene empörten und wehrten, schließlich übertraten; er wurde geboren in dem Jahr, als der Deutsche namens Sanssouci – ausgerechnet! wie aus einem schlechten Stück – ums Leben kam, ums Glück kam, ums Gelingen oder Irren. Darüber hat Marius ein Gedicht geschrieben, ein Gedicht vom Staffelläufer, der das Überreichte prompt fallen lässt. Als dieser Staffelläufer, also als jemand mit leeren Händen und unversehens seines Ziels Beraubten, hat sich Marius Zeit seines Lebens empfunden. Dies in Klammern, wo es hingehört.)
Nun, Marius machte mir den Vorschlag mit ihm aufzubrechen. Er hatte Veranlassungen erdacht, die ihn nach Lemberg führten. Östlicher als Prag war ich nie, nun denn, dachte ich, warum nicht, es gibt nichts zu versäumen. Ein Aufbruch ohne Ruhelosigkeit – allein das hatte seinen Reiz. Und gelegentlich hoffe ich, dass Ihre Erwiderungen eher eintreffen, wenn ich mich entferne. Vermutlich weil ich ein Zeichen für ein Wunder hielte, und Wunder ereignen sich nie vor Blicken, die eben diese erwarten.

(Wäre ich sonst ungeliebt geblieben? Ich konnte meinen Blick nicht abwenden von der Möglichkeit der Liebe. Er haftete förmlich auf allen. Neben der Trauer ist unstillbarer Liebeshunger das am schwersten am andern zu ertragende Gefühl.)

Nun muss ich wohl zum Schluss mich selbst auch einklammern:

(Ihr H.K.)

Berlin, 22. Mai

Ferne, liebe Ulrike, ich las ein kleines Stückchen von Ihnen über einen gewissen Franz Strauß, dem Sie in der Titelzeile den Mittelnamen streichen. So wird er zum Zweisilber, und der Name verliert jedes Gewicht. Dagegen Ihrer: Ulrike Marie. Melodisch, glockenhell. Franz Strauß hört sich an wie eine Erschießung. Und tatsächlich erledigen Sie ihn ja. Mit scharfer Zunge – dieselbe, die Jahre später nur noch Verwünschungen ausstoßen konnte. Skrupel, das sind ja ursprünglich kleine Steinchen, Hindernisse also auf dem Weg zur Entgeisterung. Es hätte vermutlich deren größere bedurft; eines größeren Anstoßes, um eine neue Geläufigkeit der Zunge wiederherzustellen – im Sinn einer neuen Sprache –; es gab sie nicht.

Aber ich wollte Ihnen von meiner Reise erzählen – *lieber Kleist, die liebsten Briefe sind mir die mit Ihren Berichten und Anekdoten. Wenn Sie mahnen oder politisch werden, lese ich schneller* –, damit Sie mir als Leserin, erdachte, erwünschte, nicht abhanden kommen.

Lemberg also. Man spaziert in dieser Stadt, die Marius seines Großvaters wegen besichtigen wollte (die genaueren Zusammenhänge entziehen sich mir), einher wie auf einer mehrfach beschriebenen Seite, auf der sich das Eingetragene vieler Jahrhunderte mischt – mal lesbar, mal unlesbar. Insgesamt: vertraute Fassaden.

Um uns herum wirbelten bei starkem Wind die Blüten der Kastanien, die überall, eigentümlich gestutzt (wie die Lin-

den übrigens auch), die Straßen und Plätze säumen. Frauen und Mädchen blühten auch, in leuchtenden Farben, orange, grün, gelb, rot, rot, rot – Farben, die schwerste Gefahren signalisieren. Fehlte das Bunte, gab es also einmal Schwarz oder Grau, dann war das silbern oder gold durchwirkt und bestickt und funkelte blendend in der unaufhörlich brennenden Sonne. Unter diesen Geschöpfen wird man doppelt unsichtbar. Wir schlichen an fünf, sechs Kirchen vorbei aus dem Stadtkern hinaus; Marius wollte das Grab seines Großvaters auf einem Friedhof finden, der außerhalb der ehemaligen Stadtmauern liegt. Unterwegs Hochzeitspaare, vom Gott Maius bestrickt, die Bräute im Kampf mit Schleppen, Absätzen und Katzenkopfpflaster.
Der Friedhof hat gewaltige Ausmaße, und nicht eine einzige Katze ist in ihm zu Hause. Dafür Vögel! Eichelhäher, Eulen, Käuze, Spechte, Dompfaffen und Grünfinken – lautstarke Lebendigkeit, Kundgebung gegen all die Toten.
Große Teile des Friedhofs sind von der Natur zurückerobert, die eingravierten Namen, die Augenhöhlen, die Flügel der Engel – alles ist mit Moos und Flechten zärtlich bedeckt, und unter solch gnädiger, sanfter Bespannung wird gleichgültig, welche Ruhmestaten der Tote vollbracht oder unterlassen hat. Das ist gut so. Auf den deutschen Friedhöfen heutiger Tage wird so verlässlich gefegt, poliert, gerupft und gegossen, dass das ganze Leben lesbar bleibt.
Wir trieben uns lange herum, gingen die steilen, schwierigen Wege, die durch Wurzelwerk ganz verworfen sind, hinauf und hinab, schnitten die pompösen Kriegerdenkmäler aus späteren Zeiten (selbst aus der Ferne drohen sie

noch genug) und fanden schließlich das Grab des Großvaters, Hinz oder Kunz. Er hat sich, so Marius, an einem Apfelbaum erhängt, und es hat einigen Einsatz der Familie verlangt, ihn dennoch im Familiengrab beizusetzen. Ich wandte mich ab: Solche Geschichten berühren mich nicht mehr.

Auf dem Rückweg Belustigung über eine mädchenhafte Engelsfigur in halber Hocke, die den Betrachter einlädt, ihr unter den Rock zu schauen. Marius fand beim besten Willen nichts zu sehen.

Der Friedhof ist ein heiterer Ort – er ist mehr für die Lebenden als für die Toten, die scheinbar ewig Schlafenden. Und für die Eichhörnchen, die Schnecken, Würmer und Käfer. Dort wird man zur Kreatur. Wie erholsam.

Lastend dagegen die Schatten der abertausenden Ermordeten, die man nicht erblickt, aber spürt. (Deren im Übrigen auch niemand in Stein und Schrift gedenkt.) Man spürt ihre Anwesenheit als Unbehagen, als Luftbewegung oder auch Stillstand, als Atembeklemmung und Bewegungshemmung. Sie verändern den Aggregatzustand, man nimmt den des Kummers an: Schwer, aber nicht fest, tränenreich, aber nicht flüssig, aufgelöst, aber nicht luftig. Kummer bedeutete im Mittelalter einfach Schutt – und dazu wird man, als eine Spezies, in deren Beisein nichts unmöglich, keine Grausamkeit ausgeschlossen war. Weiß Gott, man wird es auch nachträglich.

Zurück in der Stadt ließen wir uns in einem Café nieder, es war ein Sonntag, der Verkehr ruhte, nur Droschken fuhren, rasten vielmehr – Bräute, Bräutigame, Brautjungfern, alles sprang in großen Sätzen zur Seite, an einem so wichtigen

Tag gerade noch einmal mit dem Leben davongekommen. Wer würde da nicht heiraten.
Im Osten hängt der Himmel tiefer, und man hat das täuschende Gefühl der Erde als Scheibe. Einmal den Arm ausstrecken, kirchturmhoch, und man erwischt die lustige kleine Wolke am Rockschoß. Hüllt sich (und in dem Fall auch Marius) darin ein, verliert die Übersicht und die Bedrückung gleichermaßen, taucht, wenn nicht geläutert, so doch getröstet darunter hervor, getröstet wie beinah immer von einer Illusion: Denn eigentlich ist die Wolke nicht Decke, sondern Niederschlag.

Ihr H.K.

Berlin, den 26. Mai 2008

Lieber Kleist, den Übeln kommt man nicht bei, indem man sie bedichtet. Da landet man nur bei der Obsession – wie bei Ihrer kleinen Schwäbin, dem Käthchen, der Weltmeisterin in Hingabe –, echte Empörung aber macht aggressiv. Politisch aggressiv; Sie werden aus mir keine Amazone schneidern können. Mir war kein Schicksal bestimmt, sondern eine Geschichte. Eine Gesellschaft. Ich war Messerwerferin früher, traf, mit der Sprache, haarscharf daneben, genau daneben. Die Umrisse wurden so immerhin sichtbar. Die Furcht des Gegenübers vor den fliegenden Messern war echt. Die Messer aber waren stumpf. Ich verließ den Zirkus, wie Sie wissen, und die Manege, in der solche Kunststückchen wohlfeil waren.

Auch Sie sind Artist.

Oh ja. Und wenn ich einer Schwalbe bei ihrem Flug zuschaue, der sie in rasanten Auf- und Abschwüngen, fürs Auge fast zu schnell, schließlich zum steilen Absturz führt, den sie im letztmöglichen Moment durch eine Volte abwendet, dann bleiben die Spuren der Beherrschung, Luftschrift, auf der aufgeschlagenen Himmelsseite zurück und lesbar. Um die Aufzeichnung solcher Abenteuer geht es. Auch.

Nun ist der Tag über einem halben Brief schon fast ganz verstrichen, wie gut mir das gefällt, ohne Eile und ohne Zwang Löcher ins Blau zu starren, mir aus allen Himmelsrichtungen Musik zutragen zu lassen, die Hochsaison der Straßenmusikanten, Gott und die Welt zu bedenken.

Gelegentlich setze ich mich auf einem meiner sinnlosen Wege zu einem von ihnen, bestaune die Inbrunst, mit der gesungen, gefidelt, gezupft wird und beobachte die meist zögerlichen Spender. Die Kinder zerren an ihren Müttern, wollen näher und wollen belohnen, die Mütter stemmen sich gegen zu große Annäherung, gar Blickkontakt, als leerte der schon ihren Geldbeutel. Halb abgewandt drücken sie dem Kind, das zappelig und selig die Hand ausstreckt, eine Münze hinein; wenn dann der Musiker zum Dank nickt, fühlen sich die Kleinen zu bedeutenden Verbündeten befördert und von ihren Geldgebern kurzfristig erlöst.

Am meisten geben die Abgerissenen, das wundert Sie sicherlich so wenig wie

Ihren H.K.

Berlin, den 30. Mai 2008

Die Hitze ist so groß, dass alles welkt. Gekenterte Menschen in den Straßencafés, die sich am kühlen Glas festklammern, als bedeute es Überleben.

Uns muss es nicht beschäftigen; alle Flüssigkeiten bis auf die Tinte sind längst versiegt. Und dass diese für andere hinhalten muss, ist letztlich nicht neu. Für mich. Das Blutvergießen eingeschlossen.

Wenn ich durch Berlins Straßen wandere, scheint mir, es gibt mehr Gestrandete als Gelandete. Jedes Jahr wird die Bepflanzung der Grünanlagen magerer, und mich rühren die Versuche mancher Bewohner, vor der eigenen Haustür, notfalls mit Maschendraht, drei Pflänzchen gegen Hundekot und andere Fehltritte zu bewahren. Die andere Seite bilden die Hundebesitzer, die, frühmorgens, aber auch spätabends, in den abenteuerlichsten Turnanzügen und Hausschuhen fürs Ausgehen sichtlich nicht vorbereitet, ihre Tiere schlechtgelaunt den aus ihrer Sicht als Hundeabort geeigneten Bäumen, Wiesenstückchen und Privatbeetchen zuführen. Während ihr Hund seine Geschäfte erledigt, stehen sie im Hohlkreuz, bohren in den Zähnen, telefonieren oder rauchen. Meine Nähe macht die Hunde unruhig, deshalb werden sie mit zwei, drei heftigen Rucks der Leine gemaßregelt; dann wird schlurfenden Schritts der Heimweg angetreten, in einem Tempo, welches verrät, dass die Rückkehr nicht anders als der Aufbruch gegen den eigenen Wunsch geschieht. Ist es morgens, dann kommen die Schulkinder an meinem Beobachtungsposten, der unweit einer Schule liegt, vorbei: Erneut wird die eigene Farbempfindlichkeit auf eine harte Probe gestellt, Tornister und Kleidung leuchten zu jeder Jahreszeit sommerlich bunt und schwer ornamental, auf dem hintergründigen Grau Berlins eigentlich ein belebender Kontrast, dennoch einem falschen Begriff von kindlicher Lustigkeit geschuldet, dazu das Gezwitscher, das sich ergibt, wenn alle gleichzeitig über den Zeitraum, den man getrennt verbrachte, Berichte abliefern, mal zum Nachbarn gewandt, mal ins Telefon gesprochen. Die Klingeltöne brächten mich ins Grab, hätte ich es nicht schon hinter mir.

Wie frei die Kinder sich bewegen! Wie selbstverständlich und verständig. Mitunter sind es verwöhnte kleine Wichtigtuer; aber doch tausendmal besser als die unterwürfige Brut früherer Jahrhunderte, meines darunter, die dem strengen Regime einer Autorität wehrlos ausgeliefert war. Grosso modo. Es gab Ausnahmen, aber heute ist es die Regel. Welch ein Fortschritt! Durch Marius, durch den Austausch mit ihm, wird mir das deutlich. Meine Qualen, die Qualen des untüchtigen Sohns, Bruders – heute wären sie Teil einer Symptomatik, also im wahrsten Sinne dieses Begriffs eine «vorübergehende Eigentümlichkeit». Für mich ging sie nicht vorüber; in meiner Zeit ging sie nicht vorüber.

Grundsätzlich ist dies eine der undankbarsten Lebensaufgaben: Einen Umgang damit zu finden, dass man nicht entsprungen ist, sehr wohl aber erzeugt. Man erbt die Sünden, die Schulden und die Untaten. Und das Ungetane.

Lieber Kleist, was wissen Sie schon vom zwanzigsten Jahrhundert.

Liebe Ulrike, ich kenne die Zutaten, es ist mein Stoff wie andere Jahrhunderte auch – und hoffte, hoffe, Sie würden mir dabei helfen, das Gebräu herauszufinden, das daraus entstand. *Lieber Kleist, und wenn ich noch, wie die meisten glauben, dieselbe «vorübergehende Eigentümlichkeit», wie Sie übersetzen, aufwiese und somit unfähig wäre, mich darüber, daraus zu erheben? Was hätten Sie dann von meinen Auskünften?*

Liebe Ulrike, Sie gehörten ja nicht zu den Köchen, sondern zu denen, welche mit dem angerührten Brei ernährt wurden. Sie löffelten die Suppe aus; der Hass und die Wut auf die Köche mussten sich mit Entsetzen und Selbstverwerfung mischen, denn es hatte sich schließlich um eine Kraftbrühe gehandelt. Sie widersetzten sich nicht, Sie gehorchten der schlichten Umkehr. Sie gestalteten nichts, das ist mein Vorwurf.

Bedeutete nicht der Dahlemer Sprung auch dies: Nie wieder esse ich aus euren Töpfen? *Lieber Kleist, lassen Sie es gut sein mit Ihrem Bild, es ist nicht verkehrt, aber genau das löst ein Unbehagen aus. Der Brei war verdorben, aber die Gründe dafür weit verzweigt. Der Wunsch zu verstehen, darf nicht in Raffinesse münden. Und nicht in Moralinsaurem.*

Aber in der Schönheit des Gestalteten, in Form, Ulrike.

Ihr H.K.

Berlin, Sonntag, den 1. Juni

Wenn ich es nicht wüsste, meine Nase würde mir das Datum verraten: Der Juni ist da und die Lindenblüte auch. Die schönste Narkose der Welt, die herrlichste Betäubung. Hier, unter den Linden, stelle ich mir vor, Ihnen zu begegnen.

(Lieber Kleist, vergessen Sie nicht, dass im Wort Begegnung auch der Gegner steckt!)

Doch, ich will es vergessen, schuldlos anästhesiert. Der Duft ist Wahnsinn und Hellsicht in einem, er fährt einem ins Innerste und bleibt doch uneinnehmbar. Würzig und süß, ein Anflug von Gärung, von schwülem Umkippen ins Alkoholische, dabei mädchenhaft, blumig, zart.

Eine einzige Verwirrung. Schwere Grazie. Klebriger Freispruch. Süße und Gewalt. Man rennt, nein, man irrt mit geblähten Nüstern unter den ausladenden Laubdächern aus transparentem Grün umher, mit geschärften Sinnen immer der Ohnmacht nah.

Viel eher als den Lorbeer- oder Feigenbaum wählte ich die Linde, will ich doch weder bekennen noch bekehrt sein. Nur bedacht.

Die Sohlen bleiben im Lindensirup haften, stellvertretend für die gekaperte Seele. Über die volle Länge der Allee bildet das Blattwerk ein Tunnelgewölbe, unter dessen halbem Dunkel die Passanten strömen, mit benebelten, seligen Gesichtern. Alle dieselbe Droge. Alle durch sie auf ein Register gestimmt, das ihre werktägliche Laune hebt und sie über die Entgegenkommenden milde richten lässt. Deshalb hätte ich Sie gerne an meiner Seite! Kann ich, können meine Worte dem Duft Vergleichbares leisten? Dumme Frage, fromme Wünsche. Aber, wie ausgeführt, ist der Fragesteller, der Wünschende auch nicht ganz bei Trost.

Sie könnten es lindern, könnten Sie es?

Ihr H.K.

Berlin, den 9. Juni

Liebe Ulrike, die Woche verstrich klamm. Große Hitze; ich fliehe von Baum zu Baum. Andererseits: Froh über jedes lebendige Empfinden und sei es das, nach Kühle zu lechzen.

Die alten Bäume sind meine Freunde: Sie haben bezeugt, was ich erlebte, sie haben bezeugt, was Sie erlebten. In ihrer Rinde, ihren Furchen und Narben lagert sich unsere Geschichte ab, verdickt manchmal zu Geschwulsten der grässlichsten Art. Dass sie noch stehen, mag manch einer als Ungerührtheit auslegen, ich sehe darin eher eine Widerständigkeit. Sie sind im Weg, jedenfalls im gängigsten. Und ich kann mich ja gar nicht zum Narren machen, ungesehen wie ich bin, wenn ich auf meinen Wanderungen Pausen einlege und Zwiesprache halte mit einem dieser raumgreifenden Riesen, wenn ich, im Geiste, mit den Fingern die Verwerfungen der Rinde nachfahre, sie nach Art der Blindenschrift entziffere. Nicht als Sinn (den müsste man durch weitere Anstrengung vom Ertasten ins Gestalten überführen), aber als Spur der verschiedensten Zusammenstöße. Könnte ich noch einmal wählen, ein Amt wählen, ich würde Baumphilologe werden! Also furchtloser Übersetzer meiner Fingerspitzen.

Genug gesponnen.

Lieber Kleist, furchtlos müssten Sie in der Tat sein, wenn Sie die Geschichten dieser Zeugen sammeln könnten. Sie sind es nicht, glaube ich, Sie sind oder waren vielmehr ein verkappter Idylliker.

Auch wenn die Idyllen letztlich selten zustande kommen – den Anlauf darauf kann man nachlesen, in vielen Ihrer Stücke und Erzählungen. (Ich gebe zu: den misslingenden Sprung ebenso.) Ihre dornige U.

Zornige Ulrike. Wohin führt der Zorn? Was leistet er? War ich es je, zornig? Gab ich es weiter? Bewirkt er, neben Zerstörung und Selbstzerstörung, Veränderung? Diese Hitze! Sie blockiert, löst auf, verwischt die Umrisse. Alle Gedanken schwitzen mit.

Zur weiteren Abkühlung habe ich auf meiner Rückkehr (selbstredend am See vorbei – keine Neuigkeiten, die Jungvögel sind weitgehend erwachsen, letzter Flaum; das sterile Schwanenpaar zieht so ruhig seine Runden, als hätte es eine Brut großgezogen und ins Leben entlassen) vor dem *Narkosestübchen* Platz genommen und den Fußgängern beim Telefonieren und Einkaufen zugehört und zugeschaut. Deutsch, Türkisch, Russisch, Polnisch, Rumänisch – mit Französisch kommt man in Berlin nicht mehr weit. Ich spitze gern die Ohren; es ist schließlich nicht ausgeschlossen, dass die Toten durch Osmose lernen.

Und bleibe Ihr

Fernschreiber H.K.

Nachsatz.

Und Dolmetsch. Dabei beherrscht keiner von uns das Ungarische, woraus dieses seltsame Wort stammt, das wir ausgerechnet fürs reibungslose Verständigen benutzen.

Das Übersetzen bleibt, gottlob, ein Kunststück.

Wielandsgut, Oßmannstedt, den 13. Juni

Ich bin geflohen – der Hitze unter anderem. Wem noch? Marius womöglich und seinem Mädchen. Jener Dichterin, von der ich Ihnen schrieb – großer Reiz, große Strapaze, denn ich möchte mich nun, zur Unzeit, nicht mehr plagen wie zu Lebzeiten. Und den beiden zuschauen beim Einigsein. Wer hätte überhaupt gedacht, dass Tote einander erkunden wollen? (Das tut die Liebe doch?) Immerzu zitiert Marius mit den aufgerissenen Augen eines Vernarrten eines ihrer Gedichte, in dem vom schwarzen Marodeur die Rede ist. Tote wie wir verharren wohl im zwiespältigen Bann des Todes. Das hat auch etwas Idiotisches.

Guter Kleist, Unzeit – das war für mich immer eine politische Einschätzung. Keine existentielle. Fast müssten wir uns noch einmal treffen, um, wie Sie es nennen, «herrlich» zu streiten. Von Kollision war ja auch bei Ihnen die Rede. Neue Wunden sehe ich allerdings keine; nur die alten. Ihre alte U.

Mein erster Weg in Oßmannstedt führte mich zu der Kastanie im Park. Gerade verblüht, noch Reste der Kerzen zu erkennen. Gab es die Kastanie damals bereits? Allenfalls als Bäumchen. Aber sie stand, als wir an ihr vorbei zur Ilm hinabschritten; die Blätter noch kaum sprießend aus vor Verheißung klebrigen Trieben.

Ich kehrte zur Grabstätte Wielands zurück und fühlte – nichts. Ich umrundete sie (wozu man, Sie erinnern sich, zum Ufer der Ilm hinabsteigen muss), nahm alle drei Epitaphe in Augenschein und wartete auf eine Rührung. Mein

Gönner, seine Frau, beider enge Freundin – schließlich Sie, unsere Begegnung dort: nichts. Wenn man auf Gefühle bezogen von Wetterlagen sprechen könnte, würde ich sagen: völlige Windstille.

Der Kies knirschte unter meinen Sohlen, das verwunderte mich: Denn Spuren hinterließen sie keine. Möglicherweise tat ich's selbst, mit den Zähnen, aus einem Verdruss heraus, dessen Zutaten sich mir noch nicht erschlossen haben.

Auf unserem Spaziergang fiel mir gar nicht auf, wie viel verändert ist, wie viel fehlt; nun, ohne Sie, dafür umso mehr.

Die Putti am Brunnen beispielsweise fehlen und damit das Verspielte. Sehr passend zu meiner Galle dieser Verlust.

Dann die Riesenschädel der Wasserspeier: Die hätte ich gern spucken gesehen! Mittels solcher Grimassen macht man sich den richtigen Vers auf die Welt. Was ist bloß in mich gefahren?

(Lieber Kleist, man kann nicht immer nur schwärmen; und da wir nicht handeln können, ergibt sich diese Reglosigkeit, die Sie meisterhaft aufladen – ich kann das durchaus goutieren. Aber meins waren sie nie, die Aufladung und die Evokation, auch beim Schreiben nicht. Gegen das Vorgefundene und das Verfaulte hilft nur die Tat.)

Sie meinen: die Untat?

Ich setzte mich an Wielands Sekretär (mittlerweile war ich im Innern angelangt) und machte mir so Ihre Gedanken, hellgraues Licht drang durch die Scheiben, die leeren Bücherregale um mich herum glänzten fahl. Um die barocke Brunnenanlage herum mickrige Tagetes, nicht einmal knöchelhoch. Was ist all das Gedenken. Schneckenfraß.

Sie haben ja recht: Ich hatte keine Haltung. Aus ihr erwächst Handeln. Ich kompensierte den Mangel mit Aufbrüchen. Einerseits. Andererseits: Ich eigne mich nicht für Haltung, ich hänge der Gestaltung an. Darin bleibt das Zwiespältige zwiespältig; es gibt nichts nachzueifern, nur zu verstehen.

Fiel Ihnen auf – damals, vorgestern, neulich (dieses Zeitgefuchtel der Sprache! Als entkäme sie durch Genauigkeit ihrem Ende!) –, wie scheußlich sich der gelbe Putz mit den rosa Fensterumrahmungen ausnimmt? Farben von Eiscreme.

Nun, meine Laune ist zerknittert, ich will sie nicht ungerecht an etwas auslassen, durch das sie nicht verschuldet wurde. Und schließe daher dieses Notat – um wie vieles lieber schlösse ich Sie in das, was einmal Arme waren. Aber natürlich fehlen sowohl die Verwegenheit als auch die Geschicklichkeit, die im Umgang mit Dornigem erforderlich sind.

Ihr H.K.

(Irgendwo in Ihrer Lebensbeschreibung las ich, Sie hätten ausgelassene Tanzabende gefeiert in den Hamburger Jahren. Das habe ich vor Augen, genauso wie die Bilder des Häftlings. Amphibisch. Niemand kann sich die Elemente aussuchen, in denen Leben und Überleben geschehen.)

Oßmannstedt, den 17. Juni

Am späteren Sonntag, nachdem ich den Brief an Sie innerlich verfertigt hatte, gab es im Innenhof des Guts eine Gesangsdarbietung, Gesang mit Klavierbegleitung vielmehr, wobei anstelle eines echten Klaviers ein scheppernder, elektronischer Ersatz nach draußen geschoben worden war, schamhaft zum Publikum hin mit einer Art Antependium, wie man es vor Altären findet, verhüllt. Ein Paar trat auf, den identischen Familiennamen im Programmzettel nach auch im Leben eines – oder ein Geschwisterpaar; Ähnlichkeit sah ich aber keine. Spärliches Publikum auf unbequemen Stühlen.

Der Mann trug ein Rüschenhemd und Schnallenschuhe, die Frau ein violettes, gerafftes Kleid mit Mieder; darin ein Blumensträußlein, das später in ihre Hand abwanderte. In der Armbeuge einen Puderbeutel, den Kopf zierte eine Perücke mit langem indianerschwarzem Haar (ihr eigenes von eher blasser, unbestimmter Farbe: Ich hatte sie vorher im Park gesehen) – kurz: Sie waren auf das Lachhafteste verkleidet. Das Programm versprach Liebeslieder, dagegen ist nichts zu sagen, darüber allerdings viel, was die Sängerin dann auch tat. Ich wand mich vor Scham, immerhin bereits tot, im Unterschied zu meinem Nachbarn, den wohl ähnliche Empfindungen bedrängten, ohne dass ihn eine Ohnmacht erlöst oder gar der Schlag getroffen hätte.

Von Kuss und Mund war die Rede, von Bächlein, Grünem

und Blauem, von Röslein rot und schönen Mägdelein. Sie übersah und übersang das Abgründige darin, steckte die Nase immer wieder in das Blumengebinde und lächelte den Kies unter ihren Füßen an.
Sie haben mich Idylliker gescholten! Nein! Träfe es zu, hätte mir das Geschilderte nicht behagen müssen?
(Kleist, ich habe Sie nie der Kitschanfälligkeit beschuldigt. Sie wollten die gebildete Ehe-, Hausfrau und Mutter, Handarbeit erlaubt. Ein gewöhnlicher Mann Ihrer Zeit – aber nur in den Träumen von einem braven Leben. Gelebt haben Sie es nicht. Gelebt haben Sie die Vermeidung. Bei manchen Zeitgenossen und Menschen sind die Utopien affirmativ, das echte Leben dagegen fällt aus allen Bezügen. Und dann gibt es das Umgekehrte: Die Revolutionäre, die die denkbar spießigste Existenz führen, während sie die radikalsten Umstürze planen. Und als drittes die im privaten wie öffentlichen Leben Krawallsuchenden. Immer heiß auf Katzenmusik.)
Dass es ein Privileg ist, nicht gesehen zu werden, haben wir schon häufiger notiert; hier, im Innenhof des Wielandguts, wünschte ich mir inständig, auch selbst nicht sehen zu können. Zu garstig waren die Grimassen der um den Ausdruck von Liebesglut, -kummer, -sehnen bemühten Sängerin. Zähne übrigens wie ein Reißwolf, hinter ungenau geschminkten Lippen. Ein Lächeln, das Angst einjagte. Womöglich fressen diese beiden Vertreter der Romantik nach der Vorstellung ihre Opfer auf? Sind die Spitzentüchlein, mit denen sich beide den Schweiß abtupfen, auch zur Entfernung anderer Flüssigkeiten gedacht? Treten die zierlichen Absätze der Schnallenschuhe die gerade noch Angesungenen in den Schmutz?

Liebe Ulrike! Kommen Sie nach Oßmannstedt.
Es wartet

Ihr H.K.

noch immer Oßmannstedt, den 22. Juni

unter Umständen hat mich die im letzten Brief geschilderte Sängerin doch infiziert, denn ich schicke mich an, Ihnen mit dieser Post ein Bukett zu übersenden, gewissermaßen den Schwesternstrauß der Lindenblüte, den Sie vor einigen Wochen erhielten.

Eine Liebeserklärung an den Holunder. Der Sommer in all seiner Gnade; ja, es ist heiß, die Felder liegen in satter Starre, aber dennoch webt sich eine Milde in die Luft, die uns glauben lässt, wir seien am Anfang der Schöpfung. Nirgends Wunden, Brüche, Blut.

Dabei, Sie wissen es, sind die anmutigen, weitläufigen Ebenen zwischen den thüringischen und anhaltinischen Hügeln mit all dem reich gesegnet und getränkt. Ich schließe die Augen und bin inmitten der Schlachten des Jahres 1806.

Aber wenn ich sie wieder öffne, sehe ich nur, was mir die Nase längst anzeigt: In großen Tupfen zwischen Wiesen und Äckern hingemalt Holunderbüsche in voller Blüte. Bis zum Horizont. Nur grün und weiß. Keine Schärfe. Handtellergroß die Dolden, unechte Dolden, sagt der Botaniker, weil ungleich gestielt – aber wen schert das? Die Offenheit, das schlimme, warmherzige Angebot – sieh, nimm, verzehr mich, verzehr dich – bleibt. Das ist ein Widerspruch zu Gnade, Sie haben recht, Sie hätten recht, wenn Sie es einwendeten, aber nur ein scheinbarer. Denn anders als die Lindenblüte, bedrängt der Holunderduft nicht, nur inständig ist er, macht weder schwach noch süchtig, sondern ist: liebenswürdig. Man willigt ein, wo man sich von der Linde nur hilflos betört fühlte. Wenn selbst der Verstand bejaht, ist nichts mehr auszurichten.

einen Tag später

Das Innehalten war nichts Besonderem geschuldet, aber nun, da es stattfand, kehre ich auch als Zensor der eigenen Zeilen zurück und frage mich: Was kann Ulrike an Deinem Holunder interessieren? Die Antwort ist selbstverständlich: nichts. Ist das ein schlechtes Zeichen? Dann wohl nicht, wenn man daran erinnert, dass das in der Sprache Festgehaltene anders als die Blüte ohne Gegenstand duftet. In der freien Haft der Schrift.

Die Anstrengung, die dort hinführt, ist selbst kunstlos, aber ungeheuer.

Deshalb, und nur deshalb, sind Sie mir selbst so vor Augen, so gegenwärtig.

Genug der Betrachtungen, ein Gewitter zieht auf. Völlig zu Recht, Luftreinigung tut not. Ich verspreche, ich setze selbiger auch meinen Kopf aus!

Ihr Gewogener

Oßmannstedt, den 25. Juni

Liebe Ulrike, die kürzeste Nacht des Jahres liegt hinter uns. Vom abnehmenden Mond noch immer gut ausgeleuchtet. Von den Johannisfeuern nicht weniger. In der Stadt gibt es von diesem Brauch kaum Zeugnis – kein Verlust, denn was auf dem Land so alles zu diesem Anlass herankam, war gruselig. Horden, biertapfer.

Dabei handelt es sich ursprünglich einfach nur um den Geburtstag des heiligen Johannes, der *er muss wachsen, ich aber muss abnehmen* gesagt hatte angesichts des kommenden Christus. Denkwürdig, dass dieser Satz nun der Nacht als solcher in den – was soll man da sagen: Mund? Schlund? Abgrund? – gelegt wurde. Und, wie gesagt, sie war eher unheilig: Es rumpelte überall.

Immerhin: Johanniskäfer – Glühwürmchen – erschienen pünktlich und in großer Zahl. Über dem großen Becken des Wielandgartens schwirrten sie im Blinkflug, jedes Blinken der Aufruf eines Toten: So funkelte es Namen, die mir lieb waren und sind. Und wurden. Ich bin zufrieden, dass mit dem heutigen Datum die Tage, längst ungezählt, wieder kürzer werden. Die Dunkelheit ist mein Zuhause, nein, die Dämmerung. Denn dort wird, im Restlicht, auch gelacht.

Ich wandte allem Treiben den Rücken zu und wanderte die Landstraße entlang, die Rückenlinie der Hügel kaum schwärzer als der auf sie gesenkte Himmel. Ordensgeschmückt wie die Brust eines Kriegsveteranen wölbte er sich. Aber derjenige, der sie angeheftet hatte, hatte wenig Sorgfalt mit ihrer Platzierung bewiesen, bündelweise mal hier, mal da, prangten sie und zeugten von Verdiensten, die sich dem unsichtbaren Betrachter nicht erschließen. Die Flanken der Hügel atmeten verhalten, leichteste Luftschwingungen, etwa so spürbar, als küssten mich Ihre Wimpern. Gegenüber dem Lärm, der kurz vor Sonnenaufgang einsetzt – die Zurückmeldung – eine Stille aus Untertönen, bodennah, Flüsterpost der Ungeflügelten.

Büsche und Hecken lagen im Dunkel wie ermattete Tiere, Laub und Fell eins. Eine einzigartige Ruhe, die man am liebsten mit dem Taktstock anhalten möchte, ein nie endender Ausklang ehemals hörbarer Musik.

(Lieber Kleist, Sie erziehen mich? Die Ungezogene? Ein Attentat durch Schönheit. Sie ahnen meine Anfälligkeit.)

Liebe Ulrike, jedem das Seine. Also jedem sein Attentat – meins begehe ich in der Tat mit den Worten. Sie taten dasselbe, zunächst; dann vollzogen Sie die Entwicklung des Begriffs in großer Buchstabentreue nach: Vom Versuch zum Anschlag.

Mördergrube Herz. Schacht, in dem vernichtendes Gefühl lagert.

Ja, auch das ist fast ein Zitat. Die Amazonenkönigin Penthesilea spricht so. Ob es seiner ursprünglichen Aufgabe, das Aufgerufene in Bewegung zu setzen, gerecht wird, ist fraglich.

Anderes nicht: Wie beispielsweise das Wörtchen Ihr vor

H.K.

Naumburg, den 1. Juli

An der Saale sitze ich, dort, wo die Unstrut in sie mündet. Gemächlich schiebt sich ein Dampfer in mein Blickfeld und wieder aus ihm heraus. Ein zu groß geratenes Kinderspielzeug, das echten schwarzen Qualm ausstößt. Fidele Passagiere an Bord, Nesseln an der Uferböschung. So ist es mir lieber als umgekehrt.

Hier ist alles lieblich (anders als in Würzburg am Main, das ich einst besuchte); die Hänge lassen sich vorsichtig zum Fluss herab, mit der Vorsicht eines Nichtschwimmers, der sich dem Wasser äußerst gebremst nähert. Mir fehlt die Wucht des Eindrucks nicht.

Ich bin ein wenig durch das eisschleckende Städtchen geschlendert, auch in den Straßen keine raschen Bewegungen, eher Behäbigkeit, freundlich besonnen. Eine eigenartige Häufung von Fahrschulen und Friseurgeschäften; auf deren Eingangsstufen sitzen junge Männer und Frauen mit blonden Haaren und schwarzen Scheiteln und tippen in ihre tragbaren Telefone endlose Botschaften in den Weltraum, der Naumburg umfasst.

Ich bewundere Sie, Ulrike, noch nachträglich (sofern diese Zeitangabe für einen beinah zweihundert Jahre Älteren überhaupt angebracht ist) für Ihren kämpferischen Einsatz in der Arbeit mit Waisenkindern und Verstoßenen; Sie müssen jenen erschienen sein wie der Messias höchstpersönlich, wie der erste Segen im verpfuschten Leben. Endlich Erlaubnis, Aufforderung zu Aufruhr, die innerlich, ungeformt, längst bestand. Mir fehlt es nicht an Verständnis, wohl aber an Überzeugung, dass jemandem – wem auch immer – zu helfen sei durch Tat, Tatendurst und Ausrichtung. Ich selbst jedenfalls war dagegen unempfindlich.

Vermutlich haben all diese Fahrschüler, Friseurladenbesucher und Treppenhocker keine Arbeit, es liegt etwas in ihrem ungerichteten Blick, das mich zutiefst anrührt. Vielleicht die Abwesenheit von Zukunft, eine Abwesenheit, die uns verbindet, womöglich verbündet.

Nicht einmal die Zeit vertreiben sie, es ist vielmehr, als würden sie diese ausdehnen im Takt ihrer belanglosen Telefongespräche, ihrer unnützen Nachrichten. Das Klicken der langen, künstlichen Fingernägel: Metronom des Leerlaufs. Der Marktplatz bleibt bei alldem heiter, die frisch getünchten Fassaden lächeln auf die Müßigen herab und verschlimmern die schlechte Laune. Spazierte die Jakobsgasse hinauf; auch hier floss viel Geld in die Tilgung der Spuren von Verwitterungen aller Art. Die Erker brüsten sich mit wiedererwecktem Stolz und lasten schwer auf den Figuren, die sie schultern. Deren Leidensmienen hat die Restauration zu verdrehtem Glanz verholfen.

Ich erholte mich bei Uta im kühlen Dom: Auch ihr Blick rührt sich nicht, in den steinernen Augen liegt dennoch – rätselhaft – eine Belustigung, vielleicht darüber, dass ihr Gemahl sie hinter dem hochgeschlagenen Mantelkragen nicht beanstanden kann. Ein vollkommenes Gesicht, das reine Ebenmaß. Und neben der Belustigung lese ich in ihren Zügen noch einen Unstern, ein Kreuz, eine Unbill, eine Bürde – vielleicht der Druck der schweren Krone,

vielleicht einfach nur Verdruss: Ich will nicht Uta von Naumburg sein. Wer würde das nicht verstehen.
(Lieber Kleist, diese Uta hing bei uns im Wohnzimmer. Mein Vater verehrte sie. Und das Mittelalter. Und das Deutsche. Einmal, als knapp Zwölfjährige, spuckte ich das Bild an. Die Spucke trocknete und blieb wie eine Narbe auf Utas rechter Backe sitzen. Keiner hat es gemerkt.)
Oder, vielmehr:
(Lieber Kleist, als Kind – die Uta hing bei uns im Wohnzimmer – dachte ich, es handele sich um eine Heilige. Deshalb kniete ich nieder vor ihr und betete. Ich war sehr religiös. Ihr Blick, schien mir, interessierte sich für mich.)
Ach, Ulrike, vielleicht sind das Spucken und das Beten gar keine sehr verschiedenen Zuwendungen. In beiden jedenfalls ist die Ferne groß, und die Nähe wird erzwungen.

Zum Abschluss meiner Naumburger Promenaden setzte ich mich in ein Café auf dem Marktplatz, unweit der Wenzelskirche und dem Brunnen, der das Standbild ihres mageren Patrons umgibt. Die Orgel im Innern der Kirche – älter als ich – ist eine Sensation. Als ich eintrat, übte der Organist, und die Klänge aus drei Manualen, dreiundfünfzig Registern und sieben Bälgen erhoben und zerschmetterten mich.
In einem der Passanten meinte ich Nietzsche zu erkennen – aber vielleicht trog der Schnurrbart, der den Kopf hinabzog, als wären seine Haare aus Blei gewirkt. Ähnlich gräulich übrigens auch. Aber, wer weiß, unter Umständen war es nur ein ganz gewöhnlicher Naumburger Obdachloser (und eben darin N. verwandt, auch wenn dieser genau

genommen ein Dach über dem Kopf hatte), die Kleider abgerissen. Das gab ihnen die Patina vergangener Zeiten. Die roten und schwarzen Dachziegeln leuchteten um die Wette; ich stand auf und ging, enerviert, ohne zu wissen, warum. Ein Lieferwagen mit aufgedruckter Werbung überholte mich: Der Name der Firma in fetten Lettern, darunter, sehr viel kleiner, Orts- und Straßenname.

So lautete die Adresse: Sieh-dich-für 1.
Ich schwöre es. Ein zweites Ach! H.K.

Buchenwald, Montag, den 8. Juli

Scham! Empfände ich sie bloß. Ich verstehe nichts. Und sehe alles. Alles ist bezeugt, bebildert und ausführlich erläutert. Vieles ist bewahrt und Gegenstand einer abseitigen Ausstellung. Die furchtbarsten Gräueltaten sind zu betrachten. Ich vertraute immer auf meine Erfassung. Hier gibt es nichts zu erfassen. Ich stehe hilflos vor jeder Form der Aufbewahrung, die sich nicht der Vorstellungskraft, der Eindringung und der Schrift bedient. Es kommt mir vor als ersetze, nein, verhindere ein Zuviel an Anschauung die Einbildungskraft. Und damit die Mitleidenschaft. Eine mir unbekannte Anstiftung – das Dokumentarische. Was hätte ich geschrieben über all die Schlachten und Zerstörungen – die zwischen Völkern und die zwischen Menschen – hätte es derart viele Bildzeugnisse gegeben? Hätte ich die Feder gerührt?

Ich empfinde beim Gang über das Gelände allenfalls etwas Schamähnliches: Über das Gezirkelte, Geordnete, Wohlüberlegte dieser Mordanlage. Jedem das Seine steht im Tor und kompromittiert mich, der ich dieselbe Wendung in einer der letzten Botschaften an Sie gebrauchte. Hier wird mir das Gestaltete zum Graus, weil es nur arrangiert. Hier, Ulrike, wankte ich, könnte ich es noch. Wie bei anderen Krisen zu Lebzeiten. Und Krisen kannte ich einige. Was würden Sie mir sagen? Ich versage.

Ich sitze in einer Art Imbissstube, man nimmt sich selbst Getränke und Gerichte aus einer Vitrine, reinliches Inneres, Salatblätter auf Tellern, gefällig. Die Imbiss-Angestellte trägt einen weißen Kittel, der Hygiene halber. Kinder in Uniformen mit roten Halstüchern, Schulklassen, es geht hoch her in allerlei Sprachen. Gegenseitiges Fotografieren, jemand ruft: Satan was here. Gelächter und gesunder Appetit, noch fehlen den meisten ein paar Zentimeter zum Erwachsensein. Von den Rucksäcken baumeln Schlüsselanhänger, abgegriffen, niedlich. Andenken von Weltreisenden. Auch hier ist sie nicht zu Ende.

Der Hügel hieß noch bei Goethe der Ettersberg; war es aus Pietät, dass er zum umgewendeten Zweck – denn davor diente die Anhöhe der Erholung und Inansichtnahme der Deutschen Klassik, also Weimars, im weit offenen Tal – einen neuen Namen bekam? Keine Ahnung. Ahnen lässt sich beim Gang über das Gelände nur eins: dass man zu der schäbigsten Art gehört, die Schöpfung, kosmische Urgewalten oder sonstiger Mutwille hervorgebracht haben. Und ich nähere mich unter Krämpfen einem Anflug von Verständnis: für die Selbstverwerfung und Selbstüberhebung, die Sie und die Ihren befiel.

Vor der ehemaligen Kommandozentrale hockt der Stumpf der sogenannten Goethe-Eiche, ein älteres und ein neues Schild weisen auf sie hin. Die Henker ließen sie am Leben, bauten sorgfältig um sie herum. Sie war nichts im Wege – so wenig wie das, wofür sie stand, jemandem bei seinem Blutgeschäft im Wege war. Sie ging erst später an anderem ein. Keine Hoffnung, dass es die in den Boden gesickerten Schreie waren, die ihr Wurzelwerk zersetzten. Wann hätten Schreie je etwas verändert? Ich stolperte über den Schotter davon.

Entrissene Goldzähne im Rücken, die eigenen wären, ginge es noch, gefletscht. Reglos liegt das Plateau, kein Wind, der zerstreut. Lax der Himmel. Es stinkt.
Woher kommt der Geruch? Es steht ja fast nichts mehr, alles, bis auf die Zentrale, ist abgerissen, eingestampft – und doch stinkt es. So, dass sich alles windet, lebte man, die Zunge würde wortlos am Gaumen kleben. Lausige Luft. Alles vergeblich. Der Gestank kommt vom Betrachter, er wird in rasendem Stoffwechsel übernommen, ins eigene System geschleust. Die Haut ist für jede Korruption zu haben, hier lernen das selbst die Toten. Löchrig sind unsere befallenen Seelen. Ansteckend der Verrat.

Und wie ungefährlich und wohlfeil ist dieses Wüten! Eines Toten! Ich spüre das ganze Gewicht seiner Nichtigkeit, die nach der Niederschrift nicht nur bestehen bleibt, sondern sogar schwerer wird. Die Einigkeit der Hilflosen, die Einigkeit der Nachträglichen. Und der Vorgeborenen.
Nur: Folgt daraus das Recht auf Anmaßung über Leben und Tod?

In den langgezogenen Kurven des Rückwegs, am Aussichtsturm vorbei, immer wieder Blicke auf Weimar im Talkessel. Von hier aus eine neue, große Fremdheit. Bei den Vögeln gibt es die Schreckmauser: alles Gefieder fällt, Auftrieb und Panik. So geht es mir. Bis auf die Initialen gerupft:

H.K.

Berlin, den 12. Juli

Liebe Ulrike, zurück in der Hauptstadt. Platz genommen im *Narkosestübchen*, die Betäubung hierher getragen. Ein kühler Sommertag, gerade recht, der Regen wäscht mir den Kopf.

Er dient mir augenblicklich nur zur Feststellung der Himmelsrichtung.

Marius saß ein Weilchen mit mir, verspielter Kerl, über uns schaukelte das Vogelbauer in den Böen, zur Lüftung hängt es nun draußen, die Stammgäste waren nach innen geflüchtet, wo sie nachdenklich den Bierschaum studierten, als verberge sich darin ein Orakel, dessen Fortsetzung sich in jedem weiteren Glas enthüllt. Marius kam allein, gab sich mit meiner Anwesenheit zufrieden, ohne die Gründe der vorangegangenen Abwesenheit zu erforschen. Wir sprachen vom verstorbenen Palast der Republik.

Marius erzählte mir, wie er sich als blinder Passagier in eines jener Schlauchboote eingeschlichen hatte, mit denen abenteuerlustige Berliner – in seinem Fall eine junge Familie – für eine kurze Zeitspanne den gefluteten Palast erkunden konnten. Durch die klaffenden Fensteröffnungen der Fassade sei die dahinterliegende Stadt unbewohnbar erschienen, ihrerseits zur Kulisse erstarrt. Dann gab es ein Malheur: Der kleine Junge, Sohn des mitreisenden Paares, das damit beschäftigt war, sich über die Ausblicke, die einstmals gemeinsam besuchten Veranstaltungen (in noch intaktem Zustand des Palastes), die Öffnungszeiten des

Postamtes, das sich darin befunden hatte, und so fort, zu streiten, verlor durch übermäßiges Paddeln das Gleichgewicht und stürzte ins trübe Wasser. Marius bekam ihn am Arm zu fassen; der Kleine zeterte, obwohl er, so rätselhaft vorm Absinken bewahrt, es gleich geschafft hatte, sich halb wieder an Bord zu ziehen, wohl aus Entsetzen über die unsichtbare, rettende Kraft und erhielt von seinem Vater zwei vitale Backpfeifen; begleitet von der Bemerkung, dass der Ausflug nicht dem Schwimmen gegolten habe und ein nasser Mann noch lange kein Wassermann sei. Der Kleine heulte energischer, die Mutter übernahm das Paddel und ruderte die aufgerührte Familie ans Ufer, id est zum Ausgang zurück, wo sie die Werkzeuge hinwarf und verkündete, sie gehe jetzt ein Eis essen, in Ruhe, bis auf Weiteres und Nimmerwiedersehen. Marius sagte, der Schritt, mit dem sie sich von Mann und Sohn entfernte, habe die Entschlossenheit eines Überläufers gehabt.
Kurz darauf sah er sie, eine Eistüte in der Hand, selbstvergessen leckend, die Oberlippe von Schokolade eingefasst. Ohne Kind wurde sie eins.
Ich genoss die kleine Erzählung alltäglicher Verwerfungen, deren Folgen über Nacht schon verblassen. Man schätzt doch auch die Gewohnheit des Streits, in dem man sich, nicht anders als bei Zuwendung, als anwesend erfährt.
Überhaupt ist Marius ein begabter Geschichtenerzähler – aber auch ein begabter Geschichten-Erleber. Sie fliegen ihn an. Er nutzt die Komik der Unsichtbarkeit.
Auch ein Fahrraddieb musste das erfahren: Marius hielt einfach das Rad fest, dessen Schloss der Dieb gerade geknackt hatte. Der Schreck fuhr dem armen Mann derart in

die Glieder, dass er, ohne dem Verkehr einen weiteren Blick zu schenken, über die Straße davonstürzen wollte, als er unter ein Auto geriet, die Requisiten seiner Profession noch in der Hand, und vorerst liegen blieb. Das glückliche Ende einer blonden Retterin, die neben dem Verletzten kniete und ihm zusprach, hat Marius vermutlich mir zuliebe gesetzt. Auch Sie wissen es, ich bin empfänglich für glimpfliche Ausgänge.

(Lieber Kleist, das weiß ich tatsächlich. Sie geraten doch gelegentlich in gefährliche Nähe zum Kitsch. Und der sichert und bestätigt immer die herrschenden Verhältnisse. Leere Kalorien, damit der echte Hunger nicht nagt und aufrührt.)

Ich weiß, was Sie meinen. Sie haben recht; aber ich auch. Der Kitsch – ein mir neuer Begriff, aber durch Lautmalerei unmittelbar verständlich – teilt nämlich den Saum mit dem Angrenzenden, und manchmal ist selbst der vorsichtigste Schritt schon halb auf seinem Territorium. Das Angrenzende ist das Radikale.

Es ist halb Erholung, halb Strapaze, dazwischen zu wandeln.

Im Süden des Landes, höre und lese ich, herrscht Frühherbst. Hier, in Berlin, versucht ein Parasit sein Bestes, den Kastanien ein herbstliches Gewand zu verpassen. Aber die Sonne scheint, der Sommer wehrt sich.

Ich wage mich nicht.

Ihr H.K.

Berlin, 15. Juli

Liebe Ulrike, ferne Ulrike, jetzt haben wir mehr als die Hälfte des Jahres hinter uns gebracht. Seit vier Monaten verbunden, falsch, womöglich – wer weiß. Immerhin nahmen wir selbst ein Leben lang an allem Anstoß. Und erregten ihn. Und endeten ziemlich ramponiert.
Ich las Ihren Brief an die persische Kaiserin. Böse, genau, kriegerisch. Sie sprechen in Ihren Artikeln ein echtes Machtwort. Ulrike Marie. Ich glaubte dagegen an die Wortmacht. In dieser kleinen Umstellung drehen wir uns gegeneinander. Ins selbe Joch geschirrt.

Die Nacht des quatorze juillet habe ich übrigens unter freiem Himmel verbracht. Der Marder trieb mich hinaus. Er fuhrwerkt unter dem Dach herum, als stecke er in den letzten Vorbereitungen einer Revolution. Als würden tausende von Marderrebellen aufmarschieren und exerzieren. Ich floh also, setzte mich auf eine Bank in einer nahen Grünanlage (mit wenig Grün), vor mir schlief die Tischtennisplatte, die dort seit Jahren verrottet, sanfter Regen ging nieder, der beim Aufprall auf das Laub metallisch sang und mir die Stunden klopfte und tropfte. Gegen Morgen kehrte ich zurück ins Kabuff, der Schabernack hatte sich gelegt, und ich legte mich auch. Starrte ins Himmelgrau und las dort nichts.

Kein Tag für Briefe, ich beende diesen, sonst wird er zu schwer für die Luft, die ihn tragen soll. Grüße entsprechend nur federleicht.

H.

Berlin, den 19. Juli

Unsere Geburtstage liegen im Oktober nur wenige Tage auseinander; wir wurden im Januar gezeugt, bei klirrender Kälte; nach unseren Geburten kamen die Herbststürme. Und wehten den nächsten Winter herbei. Der Sommer blieb wiederum für die Länge einer Austragung eine Abstraktion, Wärme eine paradiesische Erinnerung an die Ununterscheidbarkeit von innen und außen. Wir froren neun Monate.

Jetzt dagegen herrscht hier nahezu Körpertemperatur, ein Hitzeüberfall, die Luft wabert. Das Atmosphärische ist unmittelbar prägend für meine Stimmung; folglich drückt mich heute der Schädel, als sei der Rest des Körpers nicht für ein solches Gewicht ausgelegt. Ich trage ihn ungern, ich legte ihn gern ab auf die starke Schulter eines Freundes; id est: auf Ihre. (Die zweite Schulter ist die weibliche, die kalte. Nein, bei aller Hitze: die will ich nicht).

Liebe Ulrike, lieber guter Freund, süße Feindin: Wir sind ein unmögliches Gespann. Exaltiert. Mit dieser Gewissheit ging ich spazieren. Mein Ziel: Die «Alte Liebe» auf der Havel. Schon manchmal war ich dort, mischte mich unter die Leute, die Spiegelei mit Bratkartoffeln zu sich nehmen wie eine Götterspeise. Am Schiffskörper schlägt das Wasser glucksend an, musiziert die leise Untermelodie des Minnesangs der zueinander geneigten Paare an Bord. Denn solche tummeln sich hier; bei dem Namen des Schiffs kein großes Wunder. Ich setzte mich in ein Winkelchen mit

Blick auf einen Tisch, den ein nicht mehr ganz junger Mann und eine etwas jüngere Frau besetzten. Über den Tisch hinweg hielten sie sich bei den Händen, und in dieser Verknüpfung ließen sie sich auch von der Kellnerin nicht stören, die Besteck brachte, Brotkorb und Servietten. Die Dinge wurden einfach eingeschlossen. Ihre Blicke unablenkbar aufeinander, nein, ineinander gerichtet. Der Mann küsste die Fingerspitzen der Frau; er sagte ihr, sie habe die Hände eines Kindes. Sie entzog sie ihm kurz, musterte sie mit strenger Miene, lachte («du hast recht») und gab sie ihm zurück. Nur um ihm wenig später mit der Rechten eigentümlich prüfend über die Wange zu streichen. Schließlich sagte sie mit amtlicher Miene: Es ist acht Uhr. Sie hatte die Zeit am Bartwuchs abgelesen. Die beiden aßen mit ungeheurem Appetit. Schmausen entspringt dem Schmutz; dem schönen Schmutz.

Wenn es ginge – ich wäre neidisch.

Und zweitens: Wir hätten wohl niemals hier gesessen. Gepaart, wie das doppelte «a» im Wort.

Wir schreiben uns anders.

Ihr H.K.

Sanssouci, den 23. Juli

Auf der Postkarte, die ich schicken würde, könnte ich es, scheint die Sonne; in Wirklichkeit: erneut preußisches Himmelgrau.

Darunter spaziere ich treppauf und treppab, der Wein hängt schwer, die Windspiele ruhen abseits, die Feigen runden sich zur Reife.

Entrückt, dieser Ort, trotz der Menschenfluten, die ihn heimsuchen.

Hinter den Fensterläden geht's gen Süden.

Reisen Sie mit.

H.K.

zurück in Berlin, Freitag, den 25. Juli

die Tage schreibe ich nur auf, um einen Begriff von der Länge unserer Korrespondenz zu bekommen. Es ist, vom Wetter einmal abgesehen, doch ein großes Einerlei mit der Zeit.

(Ob die wenigen Einwürfe meinerseits, lieber Kleist, dies zu einer Korrespondenz machen? Genau besehen nehmen sie den Begriff beim Wort, «mitantworten». Aber ich bin sicher, Sie gehen von einer Übereinstimmung aus. Das ist nicht ganz verkehrt, ich gestehe: Es gibt Sätze von Ihnen, die lösen Staunen und Genugtuung in mir aus. Über den Kohlhaas und die Leute wird gesagt: Man fand das Verhältnis desselben zum Staat ganz unerträglich – das kenne ich, das hörte ich.

Und in der Hermannsschlacht, diesmal spricht Thusnelda: Dich macht, ich seh, dein Römerhaß ganz blind. / Weil als dämonenartig dir / Das Ganz' erscheint, so kannst du dir / Als sittlich nicht den Einzelnen gedenken.

Ja, Kleist, das sind für mich auch Überlegungen zu einem Jahrhundert, das Sie gar nicht erlebt haben, gültige Kommentare. Zu: Verblendung, Machtstreben usf. Also: Von mir aus Korrespondenz! Seelenpost, sagten Sie, glaube ich einmal. Wie oft sind bei Ihnen die Frauen die weiseren. Das haben die Machthaber geflissentlich übersehen.)

Wenn Sie das schrieben, wie recht hätten Sie! Seelenpost zweier lädierter Seelen.

Gestern, wie Sie sicherlich auch in Stuttgart erfahren haben, tummelten sich unter der gloriosen Siegessäule die Massen: Ich ließ mich mitspülen und betrachtete den zukünftigen Weltenlenker mit Amusement: ein Athlet auf der Theaterbühne; vorläufig sind alle Hürden nur Requisiten und werden im Flug genommen. Wie denken Sie darüber? Wahrscheinlich sehen Sie das schärfer als ich, auch das Biedere daran und darin und das Poröse. Mit Anstand zur Macht, mit Pünktlichkeit sonntags zum Gottesdienst.
Dies jedenfalls waren ungefähr die Gedanken, die mir durch den Kopf gingen, als ich beschloss, mich nach meiner alten Straße aufzumachen. Ich zottelte die Friedrichstraße entlang, an den Schaufenstern der Einkaufspaläste vorbei, hinter denen Waren huren und die vorübergehenden, gierig Stierenden zu Freiern machen; bog dann in die Mauerstraße ein. Jedes Mal wieder merkwürdig. Das «Bundesministerium für Arbeit und Soziales» befindet sich jetzt darin, am Giebel in fetten Lettern die Aufschrift «Kleisthaus», neben dem Portal spricht ein Schild von mir, bizarr genug, noch bizarrer aber die Nachbarschaft zum damals inexistenten und gänzlich unvorstellbaren, mittlerweile ehemaligen «Reichsministerium für Volksaufklärung und Propaganda». Allein der widerliche Pomp der Benennung! Marius hat mir zugetragen, dass der damalige Hausherr und Häuptling – ich zitiere erneut Marius – Goebbels mich in einem Tagebucheintrag mit dem Ausruf «solch ein Kerl!» o.ä. bedachte.
Unterwegs traf ich vorwiegend Amtsinhaber und Ministerialdirigenten; sie stürzten zur Mittagspause aus ihren Büros, die Krawatten vielfarbig wehend. Auf diese Fahnen schrei-

ben sie ihre Gelübde. Natürlich telefonieren die meisten, während sie rennen und kauen – jedes Jahrhundert erzeugt seine eigenen Affen (auch da hat Marius recht), und alle tragen glänzend gewachste Schuhe, deren vorderer Teil durch sämtliche wechselnden Moden hindurch zum Traktieren – man könnte auch sagen: Ansporn – geeignet ist.
Die ganze Straße riecht nach Wichtigkeit. Und ein wenig nach Zigarettenrauch. Beides verflüchtigt sich rasch; noch ehe ich um die Ecke gebogen bin.
(Hier in Stgt. nicht anders; ich meide die Straßen mit den Niederlassungen großer Firmen und Büros. Verrückt, wie solche Menschen immer gleich niederschmetternd bleiben. Unsere Stützen. Dem entgegengesetzt unser beider gänzlich folgenlose Erkenntnisse. Kleist! Sie sind mir eine schöne Gesellschaft.)
Beinah eine ziemlich bekleckerte, Ulrike, denn eine Krähe, auf dem Rückweg ihres Sturzflugs zu einem Brotrest auf dem Tisch, der für Raucher und ihre Aschenbecher vor das Lokal gestellt worden war, schiss vor Aufregung oder Jagdeifer einen gewaltigen Klacks, den eine kleine Böe auf den Scheitel des gerade von mir überholten Geschäftsmannes ablenkte. Er schien fassungslos, dass auch draußen von oben nichts Gutes kam.
Ich blieb übrigens nicht lange vor der eigenen Adresse stehen, es gruselte mich durchgängig. Die Vertrautheit der Schwelle – und wie lange sie übertreten ist.

Ihr alter H.K.

auf der Pfaueninsel, 30. Juli

im wahrsten Sinne des Wortes war auch ich gestern einmal blinder Passagier: ich ließ mich auf der Fähre über die Havel zur Insel befördern, umgeben von aufgekratzten Japanern und Amerikanern, die unaufhörlich fotografierten. Sie trauen wohl ihren Augen nicht. Woher kommt bloß meine Vorliebe für den Geruch – nein, meine Sucht, nach dem Geruch von Flusswasser? Brackig, im ersten Moment, dann würzig, lebenserfahren. Wie die Haut eines erwachsenen Menschen in feinster Zusammensetzung all das ausströmt, was sie an Kontakten erlebt hat, was ihr an Kontakten zugemutet wurde. Keine Ahnung. Die Oder war's nicht.
Die Fähre verdrängt das Wasser nur sanft, beschert eine milde Ankunft, auch wenn mit den reiselustigen Welteroberern halbe Piraten an Bord waren. Die Kartographierung der Welt war eine Wegbahnung, wies Irrtümer auf, beging sie; das Fotografieren dagegen ist eine Besitzergreifung. Mit jeder Ablichtung verschwindet etwas, die Inaugenscheinnahme erübrigt sich stetig mehr. Bevor Sie mich misanthropisch oder ressentimentgeladen schelten, lasse ich die Pfauen sprechen: Die Ankömmlinge wurden mit gellenden Schreien von ihnen ausgepfiffen.
Zur Nacht bettete ich mich in der Nähe der Klosterruine, das war seltsam! Es war, als läge ich inmitten eines Gemäldes einer meiner Zeitgenossen und der Firnis der Geschichte deckte mich zu.

1. August

Ich ließ dies Schreiben liegen und bin noch immer bei den Pfauen. Diese kleine Insel passt mir. Die Vögel stolzieren wie Fabelwesen umher und könnten ebenso gut im Innern kleine Motoren haben: Einer Bühne entsprungen. Auch die prächtigen Rosengärten blühen für die Kameras. Und doch, so ganz lässt sich die Verwunschenheit, die etwas Echtem (vielleicht dem allen Epochen gemeinsamen Wunsch nach Beschaulichkeit, kreatürlichem Wohlergehen und temperiertem Miteinander?) entspringt, nicht löschen. Auch wenn das Paradies selbst dann reichlich synthetisch ausfällt und nur durch Verbote zu retten ist. Das wiederum ist nicht neu.
Im Schloss rutschte ich mit anderen Besuchern durch die Räume, einer strengen Museumsführerin nach. Unter dem gütigen Blick der allgegenwärtigen Luise. Der rührte mich sehr. Es ist lange her, dass sie mir mehr gönnte als die meisten. Es ist unvergessen.
Ich sah Sie, Ulrike, an meiner Seite, ich hörte uns über Preußen sprechen, Sie schalten mich – erneut – aus, (irrationaler Franzosenhass, irrationale Vaterlandsliebe), schlugen dabei aber einen gemächlichen Schritt an, aus dem Schloss hinaus, die geharkten Wege entlang – insgesamt dem Gesprächspartner (in seiner ganzen Luftigkeit) nicht abgeneigt.
So meine Vorstellung.
Gibt es eine Ergänzung? Eine Stuttgarter Erklärung?

Ich habe Ihnen noch gar nicht gestanden, dass ich gelegentlich Marius nach Ihnen befragt habe; er hat diese Jahre ja selbst erlebt und bezeugt. Es kam eine gewisse Gewogenheit zum Ausdruck, aber auch Befremdung und Skepsis angesichts der Befürwortung von Gewalt und der Möglichkeit, überhaupt wirksam politisch zu handeln – Letzteres von einem hauptberuflichen Dichter vielleicht nicht allzu erstaunlich. Er nannte Sie fanatisch und behauptete, das Geifern sei in seinem Ursprung urchristlich. Ich genoss die Nennung Ihres Namens und litt gleichzeitig darunter, ohne dem Gesagten viel Aufmerksamkeit zu schenken; einen gewissen Kredit hat Marius bei mir ja ohnehin. Es handelt sich dabei um die kleinen Wonnen der Klandestinität; im Geheimen und Verborgenen leben alle Toten, die von niemandem erkannte Hinwendung zu einem anderen Menschen aber verbindet sie mit den Lebenden. So sind wir, Ulrike, die beiden Verabschiedeten, füreinander gewärtig.

Ihr H.K.

zurück auf dem Festland, den 4. August

Man sollte meinen, die kurze Überquerung der Havel mit der Fähre sei schnell überwunden, aber nein! Ich fühle mich unheimisch wie nach einem Langstreckenflug, obwohl ich selbstredend nie einen unternahm – eines von vielen aufgeschnappten Gefühlen. Aber ist es das tatsächlich? Oder ist es nicht vielmehr ein uns sehr vertrautes? Die Unmündigkeit unserer jeweiligen Epoche, die uns nicht trug, unsere Vormundschaft – allen lästig –, keine Übereinstimmung. Kein Gleichschritt. Hinkten wir oder hinkte die Zeit? Es blieb nicht ungestraft. Jedenfalls: Der Inselboden schien mir wesentlich solider als der Berliner bei meiner Rückkehr.

Zur Abkühlung und Einfindung setzte ich mich ein Weilchen in die evangelische Kirche gleich am See; zuletzt hatte ich dort vor Monaten die Schütz-Choräle gehört. Sie ist gebaut wie ein Zelt, eine Front aus Bleiglas, die den Blick auf das Grüne freigibt, das sich dahinter ausnimmt wie ein aller gärtnerischen Fürsorge entronnener Dschungel.

Nun herrschte Stille; lautlos taumelte Staub in einem Sonnenstrahl, und nach längerem schweigenden Sitzen und Ohrenspitzen hörte ich die Bänke ächzen. Wahrscheinlich unter ihrer Bedeutungslosigkeit, denn Gläubige kommen kaum, die diese mit ihrem Gewicht beschweren und entsprechend eine Beschwerde einleuchtend machen könnten.

Hier kann ich mir das kleine, bezopfte Mädchen, das früh aufsteht und zur Inbrunst neigt, besser vorstellen. In ein Zwiegespräch vertieft, dessen Grundlage – der Glaube an Gott und an die Vernunft – nur wenige Jahre später sauer zersetzt war. Steinhart gewordene Brocken seines zerstörten Gewebes schwammen von da an in Ihrem Redestrom. Und schlugen bei vielen Gelegenheiten ein wie Geschosse.
Mir wurde sehr düster zumute, und ich verließ die Kirche. Ihre Stimme im Ohr. Sie erinnern sich, dass wir in Oßmannstedt über das eigenartige Gehör der Toten sprachen? So, als nähmen wir einander über die Poren auf? Über die Haut als Membran, die auf Klänge wie auf Berührung reagiert, die schwingt, übersetzt? So habe ich Sie mir regelrecht einverleibt, zu eigen gemacht. Wir stehen im engsten Stoffwechsel – so geschah es mir immer, wenn ich schrieb.
(Lieber Kleist, ich bin prosaischer. Und in Oßmannstedt eher zufällig gelandet, nach einem Streifzug in der Gegend; ich kam von Jena. Das Umherirren ist wohl allen Toten gemeinsam, und Sie taten es ja auch zu Lebzeiten reichlich. Erzählen Sie lieber mehr von Ihren Verirrungen! Denen höre ich gern zu.)
Liebe Ulrike, ich schließe für heute. Der Himmel ist wolkenlos. Reicht er bis Stuttgart?

Ihr H.K.

Berlin, den 6. August

Die Pappel zeigt erste Anzeichen von Ermüdung. Braungelbe Blätter an vielen Ästen. Den Hang des Jahres, sich an seinen heißesten Tagen dem Ende zuzuneigen, verspüre auch ich.

Er trieb mich, Sie erraten es, ins *Narkosestübchen*; dort herrschte träge Leere. Nur einige wenige saßen und stierten in den Grund des Glases. Oder rauchten, die Rauchfahnen verwehten nachdenklich, zaudernd in der Windstille. Das behagte mir alles sehr, viel mehr als die Geschäftigkeit. Dergleichen gibt es nur im August, dem Monat im Jahr, der sich räkelt wie ein Sonnenbadender und außer den Augenlidern nichts bewegt. Und auch die nur zum Blinzeln: Die Welt ist noch da, die Sonne auch, nun, dann döse ich weiter, im Zeitstreik, wie im Tierreich die Eidechse.

(Ei, ei, ei der Kleist!)

Ich döste nicht lange, da schlenderte Marius heran, die Hände in den Taschen, ein echter Freizeitler. Auch innerlich herrschte bei ihm Hochsommer: Er erregte sich über nichts, auch über keine Zeitungsmeldung, begnügte sich, nachdem er saß, mit dem Wippen des Fußes. Erst als ich ihn fragte, erzählte er: Von einem Besuch in Leipzig, wo er sich in seinem alten Verlag herumtrieb (beim Pförtner, sagte er, in angenehmer Melancholie, inmitten von Stapeln unerwünschter Buchmanuskriptpakete. Das Braun dieser Umschläge, so Marius, habe ihn jahrelang tyrannisiert, nun ist es nur noch eine hässliche Farbe).

Es folgten einige Glossen zum Bürgermeister, zu Senatoren. Zum Flughafen. Zu den olympischen Wettkämpfen in China und dem Kahlschlag, der ihnen vorausging. Ich gönnte ihm ein Ohr und ein Auge, die anderen beiden ließ ich im Sommerschlaf.
Marius brach seine Berichterstattung von selbst ab; abgeschnitten, ausgeschlossen sei er. Seien wir, die Toten, ja ohnehin, das mache den Monat August zu dem uns entsprechendsten. Die großen Ereignisse gehen schwimmen – die kleinen spielen sich vor unseren (halbgeschlossenen) Augen ab. Eine verschleierte Frau, die, blass vor Genuss und Schreck, aus der Deckung kommt, ein Eis schleckt. Mit der entzückten Miene einer Saboteurin. Sie bleibt so nah vor uns stehen, dass wir sie riechen können. Schwerer Moschus. Unter dem fußlangen Gewand schauen ihre Füße hervor, in offenen Schuhen. Leuchtende Farben auf den Zehennägeln, zarte, ölschimmernde Haut auf dem Fußrücken. Neben den Augen sind die Füße das Einzige, das man sieht und genauso sorgfältig wie jene sind sie folglich geschminkt.
Ihr Blick ist von rasanter Schwärze, schwärzer als Lack, schwärzer als Teer, dabei wie mit Tau belegt. Das gibt ihm die Entrücktheit eines Märchens.

Als sie ihr Eis aufgegessen hatte, warf sie die Waffel aufs Pflaster. Offensichtlich eine Prinzessin, der alles nachgetragen, aufgehoben und bestellt wird.
Und wir begrüßten ein weiteres Mal unsere Unsichtbarkeit – im Schatten solchen Glanzes.

Ihr H.K.

Berlin, den 15. August

Liebe Ulrike, meine Gemütsverfassung ließ das Schreiben nicht zu. Nur das Umherstreifen. So wurde die Pause lang. Andernorts feiert man heute Mariä Himmelfahrt, hier im protestantischen Berlin gehen die Geschäfte ungerührt weiter.

Und ich war in Alt-Mariendorf, auf dem Kirchhof der hl. Dreifaltigkeit. Wo man Sie begrub. Ein schwerer Gang, ich weiß bis jetzt nicht recht, warum ich ihn unternahm, was ich mir davon versprach. Zum kleinen Wannsee kehre ich dagegen nie zurück. Der Weg zum Friedhof führte durch eine Kleingartenkolonie mit dem Namen «Schätzelberge», dann schlug ich die Einöderhofstraße ein, Heimsuchung beides.

Es ging ein böiger, aufgebrachter Wind, Arbeiter waren mit Mähen der Rasenflächen und Pflastern der Wege beschäftigt, einzelne Frauen gossen Blumen oder drapierten Sträuße auf den Grabstätten mit den Mienen derer, die Notwendiges leisten. Ich verlor mich im Park, ich wollte es nicht anders. Früher oder später würde ich auf die Stelle stoßen.

Als ich darauf stieß, stand mein Herz still – oder das, was daran erinnert, dass ich eins hatte.

Links und rechts vom Grab leere Flächen, geächtet noch als Tote – lachhaft, traurig, unbarmherzig. Die Lebenden können nicht wissen, wie sehr wir unter ihnen sind, oder sie wollen es nicht wissen. Und ergreifen Maßnahmen, sich zu wappnen. Alles auf dem Grab war welk und vertrocknet, die Trauerweide, die Margeriten, die Begonien. Nur Kapuzinerkresse wucherte über den Rand hinaus, schlug Wurzeln im angrenzenden Erdreich. Zum Trost gereichte mir eine Trauerbirke in der Mitte des Wegs, die ihre Äste über das Verwahrloste neigte, als wollte sie es den Blicken entziehen.

Ihr Name auf dem Stein ist noch lesbar; ein paar beschriebene Zettel hat der Regen ausgewaschen. Ich hoffe, es standen gute Wünsche darauf.

Hat ein Philosoph nicht einmal gesagt, wir verzweifeln an uns selbst, weil wir der Toten nicht gedenken? Gedenken wollen? Dort, auf dem Mariendorfer Friedhof, hat es sich bewahrheitet.

Und es bewahrheitet sich wohl erst recht bei den Toten, die nicht einmal ein Grab erhielten.

Ich begann im Hellen, jetzt ist es dunkel. Zwischen den Zeilen nicht minder. Nehmen Sie auch dieses unsichere Gebilde in Empfang; Sie kennen die Dunkelheit.

Ihr H.K.

Sopot, den 19. August

Ich hielt die Stadt nicht mehr aus. Ihren Unfrieden. Oder meinen. Stimmungen, Verfassungen sind ja wohl meist nicht den Städten anzulasten. Und schlich mich, Vorteil eines Gespenstes, in einen Zug, der mich zum Meer fuhr. Wünschte ich eine andere Richtung? Südwesten? Er, der Zug, schlug die andere ein.
Sie sind am Zug.

Faules Wortspiel. Ach, Ulrike, was gehen Sie mich bloß an? Ich spazierte am Strand, die Möwen erregten sich hoch in der Luft, ein Heidengezeter, ausgetrocknete Quallen, vom letzten Sturm herangetrieben, lagen wie Lupen im Sand. Mir fehlt die Klarsicht. Umso reichlicher gibt es das Quälende, das mit dem Wunsch nach Verstehen, nach Annäherung, nach Ausdruck einhergeht – beim Lieben wie beim Schreiben.
Ich gebe eine lachhafte Figur ab; gäbe ich noch eine ab. Seekrank, seelenkrank. Die lange Mole, die bis weit ins Meer führt, schritt ich ab: an ihrem Ende wehte ein kräftiger Wind und blähte die Flaggen, am Horizont Schiffssilhouetten. In mir kam das alte Reisegefühl auf, am falschen Ort zu sein, den besseren, den geeigneten nicht zu kennen und ein weiteres Mal nicht erraten zu haben. Doch: das Meer hilft ein wenig; es spiegelt den Himmel und den Grund. Was will man mehr?

Dieses Sopot blättert an allen Stellen, die alte Pracht zeigt sich in dem einen Giebel, in dem anderen Erker – oder dem Pavillon im Garten, dessen filigranes Strebengerüst unter der Galanterie-Berieselung früherer Jahrhunderte mürbe wurde. Sie war wohl doch mehr Säure als Schmiermittel. Zuviel Geflüster, zuviel Intrige. Ich hatte nie Talent für sie, vielmehr geriet mir alles ernst, belehrend und schwerwiegend. Bei Frauen. Vielleicht wende ich mich deshalb an Sie wie an einen Mann – oder richtiger: Ich wandte mich an Männer so wie andere an Frauen? Sie sehen: Die Reise klärt nichts, verwirrt nur. Festzuhalten bleibt, dass dieses Sopot, vom lauen Ostseewind befächelt, im Abendrot auf die Weise schön ist, wie eine nicht mehr ganz junge Frau schön ist. Sichtbar die Spuren vergangener Lieben; der missglückten wie der geglückten. Eine Straße, nach irgendeinem General benannt, war besonders verwunschen und hatte sich ganz und gar mit dem Duft des Phlox eingestäubt, passend zur Stunde. Die noch nicht angebrochene Nacht, die vor einem liegt wie eine Zusage, deren Verlässlichkeit in Frage zu stellen ein hauchdünner Zweifel – nicht kräftiger als ein Luftzug, der den Nacken streift – kaum imstande ist.

Gibt es in Stuttgart Orte, die Sie lieben? Oder ist es Ihnen ganz verhasst? Ich würde es verstehen, denn es wurde der Ort, in dem aller Schwung ein Ende nahm. Die Rollschuhläuferin in O.! – oh ja, ich weiß, Sie nahmen die Beobachtung weniger wichtig als ich, Ihr Elan speiste sich stets aus dem Politischen – nach der Religion. Ich hatte ihn nur im Ästhetischen, im Leben ging er mir ab.

Und er – der Schwung, Ihr Schwung – wurde zuletzt Lügen

gestraft, gebremst, verlacht. Und Sie wendeten ihn gegen Menschen.

Scheitern, Tragik bedeutet eben das: die Vergeblichkeit der Opfer.

Mit dem Ostwind ein Gruß von Ihrem

H.K.

Danzig, den 20. August

Liebe Ulrike, der Baumphilologe kann nicht anders, als Ihnen folgende Liebeserklärung zukommen zu lassen. Denn nichts anderes ist ja die Philologie, als die Erforschung einer Liebe – mit Fußnoten.
Das dürfen Sie im wörtlichsten Sinne verstehen, denn ich machte mich zu Fuß auf zu einem Anwesen in einem Danziger Vorort, der nach dem Olivenbaum benannt ist, auch wenn dort keine Ölbäume wachsen. Es ist ein alter Park, um ein mittelalterliches Kloster und eine Kirche herum schmiegsam gelegen. In der Kirche wurde georgelt, als ich eintrat, aus beinah achttausend Pfeifen! Ein Verrückter muss sie gebaut haben. Zu den gewaltigen Klängen tanzten Sonne, Mond, Sterne und Engel in der Himmel-Apsiskuppel oberhalb des Instruments – eine Rokokospielerei, herzerfrischend, kindisch. Zurück im Park fühlte ich mich von der Musik geladen; so als sei von ihrem Volumen etwas in mich übergegangen.
Wie immer lief ich ohne Richtung umher. Die Anlage schmeichelt dem Auge: Die Blumen sind schön, die Teiche und Bächlein nicht weniger. Aber hingerissen haben mich die Alleen: Ein Spalier aus Lindenschwestern, das mich in zärtlichen Empfang nahm unter seinen dunklen Rundungen, zwanzig Schritte weiter die Brüder: Ein gestrenges Buchenbataillon, gestutzte Soldaten, die Gewehr bei Fuß standen und salutierten, als ich vorbeischritt. Ich sah ihnen an, wie gern sie die Hacken hätten knallen lassen. Ober-

halb ihrer gerümpften Nasen ballte sich eine schlechtgelaunte Wolkenfamilie zum Streit. Ich flüchtete zurück zu den Linden-Elfen und wurde, das versteht sich, unter ihren Schleiern nicht nass.
Verzeihen Sie, Ulrike, ich musste das festhalten – es ist mein Antidot gegen das Gift.

H.K.

Danzig, 22. August

Wieder in der Stadt. Die Glocken der Marienkirche läuteten, als wollten sie die Christen in aller Welt wecken – wenigstens die Katholiken unter ihnen. Backstein und Bernstein vermählen sich in dieser Stadt. Sie sieht aus, als hätten Zuckerbäcker sie nachgebacken. Einerseits. Andererseits stellt der Anblick des riesigen Hafens mit den Dockanlagen und der Gestank nach Öl, Rost und Brackwasser schnell klar, dass die Stadt lebt und handelt.
Ich ließ mich gehen. Und ich frage mich, ob Sie je in Ihrem Leben einfach irgendwo umherstreiften; ohne Absichten, ohne Botschaft, ohne Angst. Als Beobachterin, als Sammlerin, als Vagabundin. Mir lag das Vagabundieren immer, und es peinigte mich zeitlebens. Auch jetzt frage ich mich, woraus meine Unruhe entspringt. Der reinen Freude am Ziellosen oder dem Wunsch nach Vermeidung. Bald kann ich es sagen, Ihnen sagen, mir sagen.

Am schönsten ist in Danzig die Frauenstraße, die zur erwähnten Kirche führt. Sie liegt eingebettet; rechts und links Juweliere, Kaffeehäuser, in die Geschäfte muss man einige Stufen hinabsteigen (ich ließ es natürlich), das gibt dem Ganzen etwas Bazarhaftes – allerdings ohne streitsüchtiges Gehandel und Palaver. Man kann hier gut einkehren, gewissermaßen in sich selbst. Wie immer saß ich als ungesehener Beobachter und schaute dem Treiben zu. Mit der inneren Beteiligung desjenigen, der Musik hört

und aufnimmt, ohne sich aufgefordert zu fühlen, sie zu begreifen, einzuordnen – und so fort.
Wir Toten sind Touristen: Flaneure und Schmarotzer. Wir laben uns an den Anderen, also an den Lebenden. Wir schauen nur zu. Aber ich schäme mich nicht mehr – ich habe mich ein Leben lang geschämt. Und gegrämt, dass ich es tat. Ich habe – in den stärksten Momenten – meine Mitmenschen dafür verachtet, dass sie mich nicht verstanden. Die Art meiner Einmischung nicht verstanden. (In den schwachen gab ich ihnen wohl recht in der Ablehnung meiner Person.)
Und Sie, Ulrike? Woran, außer an sich selbst, sind Sie verzweifelt? Ich nannte die Welt gebrechlich; ich glaube, das überzeugt Sie nicht. Wer von Kanzeln spricht, der muss an die Wirksamkeit seiner Botschaft glauben.

Am Ende dieses Briefs muss ich Ihnen noch berichten, dass ich gestern auf der Marienburg war (ganz wie Marius schlich ich mich in eine Gesellschaft, die dorthin aufbrach). Ich will nicht schildern, wie das gewaltige Bauwerk mit meterdicken Mauern und ausgeklügelter Wehrhaftigkeit auf mich gewirkt hat, nur das: Im vom Kreuzgang umschlossenen Hof des Klosters steht eine Säule; darauf, als Sinnbild der Fürsorge im Selbstverständnis der Ordensritter, ein Pelikan, der die zu seinen Füßen kauernden Jungen füttert, indem er sich Stücke aus der eigenen Brust reißt.
Mir blieb etwas stecken; im Halse, im Herz, auf der Zunge. Ihretwegen.

H.K.

Berlin, den 24. August

Liebe Ulrike, ich habe unsere kurze Begegnung mit allen Mitteln der Schrift verlängert. Noch rechne ich mit Ihrem Einverständnis – dieses Rechnen geht, erstaunlich genug, auf ein Gefühl zurück.

In der gewohnten Umgebung dieser Dachkammer, in der ich die Nacht durchwachte, obwohl kein Marder sie zum Austragen irgendwelcher Machtkämpfe nutzte, gewann ich einige Einsichten. Ich schulde sie dem Pelikan, den ich auf der Marienburg sah.

Kann in einer Kolonie ein Pelikan, der seine eigenen Jungen verlässt, somit dem Verhungern preisgibt, für die Gemeinschaft der Pelikane in anderer Eigenschaft sorgen? Indem er sich selbst erhält? Denn er muss sich ja nun nicht selbst verletzen und ausbeuten, wie bei der Aufzucht der eigenen Jungen.

(Lieber Kleist, ich dachte es mir: Sie würden das Emblematische an der Vogelfigur so deuten. Aber Sie vergessen, dass die echten Pelikane keineswegs wie die biblischen oder mythologischen ihr eigenes Fleisch verfüttern; sie füttern ihre Jungen aus dem Kehlsack mit Halbverdautem. Was, wenn das Gefressene giftig ist?
Und: Warum ehrt man die Väter, die ihre Jungen verlassen und in den Krieg ziehen?)

Der Wind brachte diesen Einwand zu mir – wie alle anderen Einwände auch. Und wie immer, wenn es darum geht,

mich gänzlich in Sie zu vertiefen, in all das (wenige), das Oßmannstedt freigab, überfällt mich eine Art Schwindel. Schreibschwindel – alles droht im Moment der Niederschrift, des Bedachtwerdens ins Trudeln und ins Ungewisse zu geraten. Und jede Fixierung scheint vermessen, unangemessen, abgemessen.
Sie wissen, wohin mich das treibt.
Nach dem *Narkosestübchen* mehr. Womöglich auch nicht.

darüber ist es der 26. August geworden

Zwei junge Kerle prügelten sich bei meiner Ankunft. Die Schläge, die Schreie, die Tritte waren von Weitem zu hören. Blut, Zähne, reißender Stoff. Die Körper zum Äußersten entschlossen, nur noch Waffe. Schon immer habe ich mich vor der Gewalt, die nicht dem eigenen, sondern dem anderen Körper gilt, gefürchtet. Ich weiß nicht, worum es ging, vermutlich um eine Frau, gesprochen wurde nicht.
Wenn die Sprache aufhört, setzt die Selbstvernichtung ein – meine Schlussfolgerung.
Wenn die Sprache aufhört, setzt die Vernichtung ein – die andere Schlussfolgerung.

Ich schlich mich also nach Hause (wenn die Redensart überhaupt angebracht ist) und schrieb diese Zeilen. An Sie, an mich – in den Raum, ins Leere. Fragen wir die Luft.
Sehen wir uns wieder?

Ihr H.K.

Berlin, den 27. August

Morgen jährt sich der Geburtstag des Geheimrats, Großwesirs, Häuptlings, Obersten Zeremonienmeisters – die Titel sind gar nicht erschöpfend aufzuzählen, alle heutigen Möglichkeiten mit eingerechnet – zum zweihundertneunundfünfzigsten Mal. Gottlob nichts Rundes, es wird keine Gedenkorgien geben. Aber ich denke an ihn, heute, statt morgen, eine kleine Eigenwilligkeit, exzentrische Abweichung, die ich mir leiste. Ich denke an seine saturierte Bonhomie, die doch auch immer von eitler Kleingeisterei durchzogen war – wie ein Stück Fleisch von Fettadern durchzogen ist.

Einst zitierte ich an ihn das Gebet von Manasse, des Königs von Juda, der es aufsagte, als er in Babel gefangen war. Wenn es denn stimmt – ich will mich nicht in Auslegungs- und Glaubenshändel einmischen. Ich schrieb: Auf den Knieen meines Herzens; eine Gnadenadresse. Womöglich war ich selbst von der Ausdruckskraft des Bildes überwältigt, aber auch von echter Ergebung und Ehrfurcht erfüllt. Die heiße Ausstrahlung der Macht. Was in ihre Nähe gerät, wird durch weit geöffnete Poren erobert. Unbestreitbar.

Heute ist wohl auch er selig und nicht länger Geheimrat! (Und er bleibt, zu Lebzeiten bekannte ich das nicht, der Verfasser des Großartigsten in der deutschen Sprache. Sie erinnern sich an die kleine Szene zwischen Charlotte und Eduard, ihrem Mann, in den «Wahlverwandtschaften»? Sie finden nachts zueinander, beide mit Herz und Seele aber bei anderen Lieben. Eduard erklärt sein überraschendes Kommen mit dem Gelübde, das er getan habe, am selben Abend noch ihren Schuh zu küssen. «Das ist dir lange nicht eingefallen, sagte Charlotte. Desto schlimmer, versetzte Eduard, und desto besser!» Himmlisch. Jedes Wort am rechten Ort.)

Aber mir bekam sie schlecht, die Annäherung an die Macht. Ich kenne, Ulrike, die zerstörerische Kraft der Zurückweisung.

Vielleicht liegt darin wenigstens teilweise eine Erklärung für die Hartnäckigkeit, mit der

Ihr H.K.

an Sie schreibt.

ohne Datum, bei Nacht

Ein Traum: wir liegen im Wieland'schen Garten, selbstvergessen. Alterslos, belohnt durch diese Nacht. Ihr Haar auf meiner Brust ausgebreitet wie ein Vlies, selbstverständliches Atmen und Sprechen. Ein zweistimmiger Gesang. Ihre Stimme ist tief, meine höher, männlich, weiblich in schönster Verschränkung, auch in der Größe unterscheiden wir uns kaum. Da lieben sich zwei Gleiche, Unmögliche, Beanstandete. Es spielt in dieser Nacht keine Rolle, wie viel Anlass wir gaben, selbst beanstandet zu werden, verfolgt, gehasst, verurteilt. Wir sind Bruder und Schwester – wer von uns ist der Bruder?
Oder sind wir Schwestern?
Schwester war ich ohne Hadern und Zweideutigkeit, Schwester bin ich Ihnen gerne. Kämmen Sie mein Haar.
Es soll glänzen. Glänzen!
Eve und Käthchen liebte ich als Schülerin! Schöne Extremistinnen auch sie – nicht nur die Penthesilea. Extremistinnen der Rechtschaffenheit und Hingabe. Verstehen Sie, Kleist, das ging nicht mehr! Sie und ich, wir liegen hier und träumen von der Vereinbarkeit der Welten. Und erleben sie tot. Tatsächlich liegt ein Schwert zwischen unseren Jahrhunderten, mit blutverschmierter Schneide. Sie ersetzten Ihres, das der preußischen Armee, durch die Feder, schrieben wider. Und für, auch das. Mir blieb diese Wahl nicht, meine Feder konnte der Tinte nicht mehr trauen.
Aber zurück: Sie haben mich zum Lachen gebracht, Männer wie der Richter aus dem zerbrochnen Krug liefen in Oldenburg und

anderswo in rauen Mengen herum! Fahren Sie fort, meine Schulter zu küssen.

Das will ich; und ich will ihr anvertrauen, dass sie für mich die schönste Wölbung ist. Rund und weich, fest und spröde, kraftvoll und zart, abweisend und einladend. Sie wird es weitersagen.

Seien Sie ganz still. Sonst höre ich es nicht.

Ich traue mich. Ich träume.

Berlin, den 3. September

Die Tage verstrichen ohne Kontur. Kaum dass ich meine Hartnäckigkeit beschwor, blieb sie auch schon aus. Meine ganze Beschäftigung war zu grübeln. Wie das Wort schon deutlich macht, eine aufreibende Tätigkeit mit wenig bemerkenswerten Ergebnissen. Das Grübeln und Graben drehte sich um Sie und mich. Und dreht sich immer noch. Augenblicke, Stunden oder Tage lang erscheinen Sie mir in aller Deutlichkeit und, bei aller Stummheit, beredt, dann wieder versinken Sie in völliges Dunkel.

Ich bitte Sie um ein Stelldichein. In einer der Himmelsrichtungen. Wie im Traum.

Haben wir nicht beide inständig zu Lebzeiten gehofft, gehört, gelesen zu werden? Darf ich daran erinnern?

Für den Abstieg suchten wir uns willige Gefährten; aber davor meldeten wir uns doch ausführlich, mischten uns ein. Oder?

Die Art der Einmischung war gänzlich unterschiedlich, die Verve, mit der sie geschah, sich doch wieder sehr nah. Nein, ich habe nicht agitiert, in welcher Rolle auch, aber ich habe innerlich vibriert; so sehr, dass ich nur stotternd nach außen brachte, was innerlich brannte, revoltierte, gewiss und zu Sprache wurde. Ihr Stottern war nicht zu hören, aber es war da. Mit dem Herzschlag zusammen hätte man es belauschen können.

Das tue ich hiermit.

Ihr H.K.

lassen Sie mich weiterstottern. Ich habe etwas begriffen. Ich habe begriffen, dass das Stolpern im Sprechen kein Fehltritt sein muss. Sondern das Kennzeichnende einer den ganzen Organismus umfassenden Hervorbringung, welche tausend Widerstände überwinden muss, die von innen und von außen rühren. Keine wortgewetzten Messerklingen, keine Sprachgeschosse sind im Spiel; mit denen ist schnell hantiert, die rechnen mit scharfen Schnitten und wirkungsvollem Aufprall. Was dagegen unter großer Bewegung und Anspannung holpernd den Weg nach außen findet, kann kaum eine begeisterte oder barmherzige Aufnahme erwarten. Es wirkt erst bei der Einverleibung: Im Sprudel des Lesens.

Ich höre Sie nicht sprechen; ich höre Ihr Stammeln. Es zwängt sich durch die morschen Wortgänge, in denen die Trümmer des Kollaps' sich gegenseitig rempeln. Ich sammle die Tonspur.

(*Sie strengen mich an; erzählen Sie mir Helles!)*

Gut: Mit Marius wanderte ich auf seinen Wunsch hin durch den Zoo; er ist wirklich in vielem ein Kind geblieben. Steht und steht vor dem Gehege der Elefanten, ein halbwüchsiger Bulle kämpft mit einem Baumstamm, rollt ihn, schubst ihn, versucht, ihn mit dem Rüssel zu heben. Schafft es nicht, wird zornig, trompetet und stampft mit den Füßen, dass die Erde bebt.

Auf Nachfrage antwortet Marius mir, er könne sich kaum

satt sehen an den zarten, zerstörerischen, kissenweichen Sohlen der Tiere, die zu berühren er sich vorstelle wie einen Schwamm. Verse, sagte er, Verse hätte er machen sollen auf diese Fersen! Gluckste dabei albern und glücklich herum. Einer wie Marius könnte selbst Tote verjüngen. Und dann folgte ein kleines Leporello über Hufe, Klauen, Pfoten, Flossen – welche Vielfalt an Fortbewegung, an Klängen bei der Flucht oder dem Angriff. Wer hat sich das alles bloß ausgedacht! Kaum hatte ich ihn weggezogen von den Grauen, wollte er zu den Affen! Äffte sie nach. Den Tigern! Schlich wie sie. Den Flamingos! Auf einem Bein stehen, er versuchte es – und so fort.
Zum Schluss zog ich ihn ab, beinah am Schlafittchen, und erfuhr auf dem Heimweg noch die Tierlieben seines Lebens, dazu noch reichlich Einweisung in tierischer Lautmalerei.

Und bin nun nach einem solchen Tag, der Stimmen, Stimmiges und Unstimmiges enthielt, nur noch eintönig Ihr

H.K.

zurück in Berlin, den 8. September

Liebe Ulrike, Sie wünschten Helles – so fuhr ich ins Helle, den Süden. Meinem Herzen folgend, das im Norden schon immer fror. Eine besonders lange Zugfahrt, deren Zielstrebigkeit – immer den Gleisen nach – ich besonders genoss. Ein Zufall war's, aber als ich dort war, merkte ich, dass es mir gefiel. Der Zug brachte mich nämlich ins Engadin, in einen kleinen Ort namens Scuol, von dort aus, per Bus, der gerade bereitstand, als wartete er auf den letzten Passagier, fuhr ich weiter in einen Weiler namens Sent. Er liegt inmitten großer Gipfel, die um diese Jahreszeit schiefergrau leuchteten; noch keine Spur von Schnee. Auch der Himmel gab sich grau, lebhaft, in allen Tönen, bewegte Wolken, die sich an den scharfen Graten schnitten und ausliefen.

Die Häuser haben dicke Mauern, gegen den Winter, gegen die Welt. Sie stehen nicht ganz gerade, so, als ob sie sich dem Schiefen lieber anpassten, als es zu korrigieren. Wenn die Menschen sich auf der Straße begegnen, sagen sie «Allegra!», dies schien mir ein besonders günstiger Wunsch. Die Namen sind einsilbig, Vre, Mon, Josch. Es gibt nichts daran zu rütteln – überhaupt ist das das Gefühl, mit dem man umhergeht: Es gibt nichts zu rütteln, die Sonne scheint (oder nicht), der Mond vertreibt den Schlaf (oder nicht), die Sterne fallen herab in weit geöffnete Schürzen (oder nicht).

Die Giebel sind ganz besonders, sie sehen aus wie die Schlüssellöcher eines Serails; meist ziert sie ein wohlwol-

lender Spruch in der merkwürdig archaischen Sprache, die sich hier, wo keine Zugluft eindringt, gehalten hat.
Meine Gewogenheit für die Schweiz ist geblieben, fast verblüfft stellte ich das fest. (Freilich hielt auch sie mich damals nicht.) Ich saß am Straßenrand auf einem alten Meilenstein und fühlte mich am richtigen Ort. Ein Jäger fuhr an mir vorbei, im Anhänger seines Wagens lag, die schönen Augen verdreht, ein toter Rehbock, das hellbraune Fell glänzte beinah so prächtig wie die schwarzen Hufe an seinen gleichsam noch im Sprung befindlichen Läufen. Zum ersten Mal wurde mir einleuchtend, dass sich die Kraft und Eleganz der Geschöpfe, die wir verzehren, auf uns überträgt. Vorausgesetzt, wir verschlingen sie nicht.
Nachmittags riss es auf, alle hielten das Gesicht ins Blaue und lächelten, als hätte sich mit dem Wegzug der Wolken eine Antwort gezeigt.
Es wäre gut, mit Ihnen hier zu sitzen, die Sonne zur Unterstützung im Rücken.
Sie müssten gar nichts sagen, Dante spricht von den Lidern als Augenlippen. Das wäre genug für Ihren H.K.

Berlin, den 9. September

Was glauben Sie, Ulrike: Ähneln sich unsere Versuche, im Leben Fuß zu fassen? Ich spreche von Hamburg und von der Schweiz, also von zwei außerordentlich unterschiedlichen Versuchen. Meiner wollte die Abgeschiedenheit, die Verbundenheit mit der Natur, die Abwendung von der Gesellschaft. Kein Amt, als das des Schreibenden. Der Ihre zielte auf das Dazugehören, Ehe, Familie, Gleichgesinnte, Feste und Geselligkeit. Ein Amt. (Wenn auch das des Protests.)

Ähnlich daran ist nur der Wunsch nach Festlegung und Einfügung. Und dass wir wohl beide dafür einen Hintergrund, einen Farbton wählten, der uns seinerseits die nötige Rückendeckung verschaffen sollte. Ich wurde nicht zum einfachen Landmann, und Sie wurden nicht zur großbürgerlichen Gesellschaftsdame mit politischer Nebenbeschäftigung.

Die Passion ist nun einmal an die Verzweiflung gekoppelt, und diese wiederum ans Unmaß. Echtes Unmaß, unbekömmliches Unmaß; ich meine nicht die dummen Exzesse, welche die Saturierten mögen. War's auch das, was Sie aus Hamburg vertrieb?

Solche Gedanken gingen in dem Örtchen Sent durch meinen Kopf; die Heiterkeit und Gelassenheit der Bewohner schien mir nahezu so archaisch wie ihre Sprache. Nichts schien sie zu bewegen, zu erregen, kein Missmut, keine Neugier, kein Argwohn. Sie bewohnen ihre Häuser mit

derselben Selbstverständlichkeit, mit der Moos die Baumrinde bedeckt. Bis hin zur Anverwandlung des Materials. So ist dort alles aus demselben Holz geschnitzt, der Stein, die Menschen, die Tiere.
Die Kühe auf den Wiesen und Weiden richten den Blick mit dem gleichen Ausdruck auf den Betrachter wie die Menschen in den Kaufläden, auf der Straße, an den Brunnen: Mit irdischer Sanftmut.
An einem der zahlreichen Brunnen traf ich tatsächlich eine alte Frau an, die dort ihren Teppich wusch. Während sie bürstete und rieb, unterhielt sie sich mit einer Nachbarin. Ich entfernte mich von den beiden im Gefühl, einem Stillleben begegnet zu sein, also in lang ersehnter Seelenruhe.

Ihr H.K.

erste Geräusche der arbeitenden Welt: Autotüren schlagen, Motoren starten, über das Pflaster holpern Koffer auf Rädern, (gleich dem donnernden Herannahen der apokalyptischen Reiter), in der Luft das Brausen entfernteren Verkehrs. Eine Schwelle in einer der Umgehungsstraßen – bei Südwind besonders deutlich zu hören – wird in rasantem Tempo von den Fahrern genommen; es ergibt sich, in meinen Ohren, der Rhythmus des Hexameters: tam, tata, tam, tata, taa. Lange Gesänge von kurzen Abenteuern. Durch das offene Fenster weht mir ein Windstoß den Duft der frischrasierten und parfümierten Helden entgegen; die Bestreitung des Arbeitstages beginnt mit Wohlgeruch. Das Aroma des Kampfs.

Im noch nicht ganz gewissen Licht kommen mir ausnahmslos zwielichtige Gedanken, zum Beispiel der: Wir wären ein Paar, für alle Welt sichtbar, und diese Zeilen zeugten davon. Zwei Invaliden mit angebrochenen Herzen. Für und wider einander. Die Leute würden mit dem Finger auf uns zeigen, ein Kind die Mutter fragen: Sind das Mädchen? Oder Männer? Oder Verbrecher? Oder was?
Wir haben auch zu zweit keinen sicheren Gang; zum Stummen und zum Stottern gesellte sich noch das Stolpern! Nun gut, nur wo Mangelhaftes ist, gibt es Fortschritt. So betrachtet wären wir Kinder, denen das Bessere noch aussteht. Ihre kleinen Hände wirkten tatsächlich auf mich, als

müssten sie noch erwachsen werden. Dabei haben sie so viel geschrieben – und haben so viele abgeschrieben.
Die Meinhof und der Kleist! Auf die Idee muss man erst einmal kommen! Während die anderen arbeiten und schlafen, ergeben sich Verbündungen, die ihnen Albträume bescherten, wüssten sie davon.
Daran, Ulrike, kann ich mich dann doch ein wenig diebisch freuen.
Jetzt ist die Sonne da, allerdings verdeckt von einer tiefschwarzen Wolke, deren Ränder, von unten beleuchtet, das Licht abstrahlen, als rahmten sie die Himmelfahrt.
Zeit für mich, aufzubrechen. Den Lietzensee umrunden und die Vögel zu Wasser und in der Luft befragen: Sagt, hört sie mich?

Ihr H.K.

(Im Naumburger Dom gibt es auf dem Geländer, das zur Kanzel führt, eine kleine Skulptur des hl. Franziskus, er steht segnend oben. Ihm entgegen kriechen, fliegen, hüpfen eine Libelle, ein Frosch, eine Eidechse, ein Taubenpaar, ein Grashüpfer, des Weiteren: Schlange, Schnecke, Pfau. Eine allerliebste Prozession der Zuversicht und Ergebenheit.
Denken Sie sich!)

noch immer das alte Berlin, den 13. September

und noch immer hänge ich denselben Gedanken nach. Wie schön wäre es, wir hätten einander unsere jeweiligen Gespenster abspenstig gemacht. Und wären davongezogen, Tat und Kraft zusammengelegt.
(Ich las als junges Mädchen Ihr Gleichnis vom gewölbten Torbogen; der bricht nicht ein, weil alle Steine auf einmal einstürzen wollen. So Ihre Erklärung. Ich las das damals empört – und anders: Das Gewölbe hält, weil keiner (!) der Steine einstürzen will. Sie wollen tragen. Das ist ein im Kern politischer Wille.)
Die Spannung des Gewölbes hielt uns nicht, würde ich, alle Anschauung für diese These in der Hand, erwidern. Womöglich, weil wir beide recht haben: Einige Steine wollten stürzen, andere wollten tragen. So brach es.

Am Lietzensee empfing mich der Herbst. Die Färbung des Laubs ist neu, der Wind blies munter und weisungsgemäß, so dass die Blätter ihren Todesreigen tanzten, ebenfalls heiter. Die Platanen schuppen sich, ich sah es voller Neid. Sind wir doch immer in dieselbe Haut eingesperrt – außer, wir schneidern uns aus Papier eine neue. Für diesen Tausch, für diese Täuschung habe ich Ihnen zu danken. Echte Kunst geht aus dem Unechten hervor, gottlob.
Dazu darf ich mich immerhin rechnen!

Wissen Sie, Ulrike, als ich durch Alt-Mariendorf schlich – welch denkwürdiger Zufall, dass einer Ihrer Namen dem

Ort seinen gibt! – kam ich an einer Kleingartenkolonie vorbei, ich glaube, ich schrieb es bereits. «Schätzelberge» hieß sie, ein Schild verkündete das. Da es ein halbwegs sonniger Tag war, tummelten sich viele Gärtner und Gärtnerinnen in den Parzellen, die durch Draht sorgsam voneinander getrennt sind. (Die Schnecken und Würmer freilich kümmert das wenig.)
Die Männer verweilten an den Beeten oder am Rand der Rasenflächen von unwahrscheinlichstem Grün und betrachteten die Rücken ihrer gebeugten Frauen. Die Häuschen niedlich, vor den Eingängen allerlei Arten von Matten zur Schuhreinigung, Blumenkübel, Igel aus Ton, Kränze aus Kunststoff, Herzen, auf denen «Willkommen» stand. Ich verharrte, rätselnd. Ist es das, was ich mir einst wünschte, die Schweiz, das einfache Landleben betreffend? Einen solchen Hausstand, eine solche Behaglichkeit? Nein, beschloss ich; was ich hier sah, war eine als Tätigkeit getarnte Untätigkeit, eine Erholung im Putzigen. Eine Verkleidung von etwas Grobem, wofür ich keinen Begriff habe. Ich wollte Ordnung, ja, aber ich wollte keine Puppenstube, und ich wollte keine Tyrannei. Auf beides schaute ich hier, auf dem Weg zu Ihrer Grabstätte, an der ich ablesen wollte, dass Sie jemand kümmerten.
So war es nicht.
Und die beiden Eindrücke verschmolzen eigentümlich zu einem – das emsige Bestellen der Gärten, das Vernichten aller dem Putzigen abholden Kreaturen wie Schnecken, Würmer, Käfer und Gewächse einerseits, die Vernachlässigung und Dürre der Grabstätte andererseits. Erneut muss ich feststellen: wir gedenken falsch, wir stürzen uns aufs

Züchten und Zähmen und vergessen darüber die Barmherzigkeit.
Liebe Ulrike, genug für heute und davon; ich gerate ins Trudeln wie ein unsicheres Gefährt. Das passt zum unsicheren Gefährten, der ich bin.

H.K.

den 15. September, mittags

Marius erzählte von einem Lichtspiel über Ihre Geschichte, das demnächst gezeigt wird, aber bereits in aller Munde ist. Er war sehr erregt und erstaunlich zornig.

(Hört denn gar nichts auf? frage ich mich immer häufiger, gehen denn alle Plagen weiter, die Wut, die Lieblosigkeit, die Verzweiflung? Der Zwang allerdings fehlt – ein wahrlich gewaltiger Unterschied zu vorherigen Lebzeiten. Es ist reine Freiheit, dass ich Ihnen schreibe.)

Mir ist selbstverständlich zu Ohren gekommen, dass niemand mehr «Lichtspiel» sagt – aber die Bezeichnung ist unwiderstehlich, treffend, trägt sie doch ihren Gegensatz, das Schattenspiel, zu gleichen Teilen in sich. Sie können sich denken, dass es mir nie als Fremdwort erschien.

Marius' Zorn galt vor allem dem zweiten Namensgeber der Gruppe, er brachte den Namen kaum über die Lippen. Ein Parasit, rief er, sei dieser gewesen, ein Zyniker und Anpasser, auf den eigenen Vorteil bedacht; ohne Hemmungen die Liebe anderer zu benutzen für die eigenen schändlichsten Absichten, ein Tropf und «Gigolo» (Marius klärte mich über die Bedeutung des Wortes auf), ein unpolitischer Wicht, dem die Politik als Camouflage und Falle diente. In die wohl auch Sie gingen; es schmerzte mich, zuzuhören. Eine Generation von Verwaisten, sagte Marius, habe die Republik in Schrecken versetzt. Die Herzlosigkeit dagegen, die sie an den Tag gelegt habe, die sei von den Vätern geerbt gewesen, gleich, ob längst tot oder noch am Leben.

Eine Bescherung, bei der alle, die Jungen wie die Alten, reichlich Grausiges zum üppig gedeckten Gabentisch beitrugen.

Vermutlich müßig, Ulrike, dass ich mir darüber den Kopf zerbreche – der ja längst zerbrochen ist, an selbst Erlebtem, an der eigenen Lebensuntüchtigkeit. Und das mit Marius als Gewährsmann! Der ja auch nicht gerade zu den Tüchtigen gehört. Aber Sie wollten, im Unterschied zu mir – ich wollte nur nicht reklamiert werden – tüchtig, wirkungsmächtig sein und haben alle Anstalten getroffen, es zu bleiben.

Nachdem die Erregung abgeflaut war, saßen Marius und ich eine Weile stumm beieinander; sahen dem Herbst bei der Übernahme zu – alles ist bereits gestiefelt – und brachen auf.

Wir, Ulrike, werden Stimmen bleiben, Widerhall der unterschiedlichsten Abgründe, in immer neuen Brechungen.

Ihr H.K.

17. IX.

unter der Platane am Lietzensee: träumend. Sie bedachte uns. Jedes Blatt eine offene Hand. Zum Schlag oder Schutz. Von unten in eine Baumkrone starren, macht den Himmel erträglich.
So dient er allein dem Baum.
Tief unter der eigenen Karkasse das Wispern der Wurzeln, wie sie verabreden, uns zu stützen.
Wir wiegen nichts.
Unser Einspruch auch nicht. Im Rauschen weiß geblutet. Mir ist schwindlig. All die Toten. All die Lebenden. All die Enttäuschten. All die Henker.
Ich sehe schwarz.
Und höre nichts.

H.K.

meine nicht minder illegitimen Mitbewohner, die Marder, meldeten sich: An Ruhe ist nicht mehr zu denken.
Die Verstimmung, die Verdüsterung des gestrigen Tages ist dafür gewichen, zurückbleibt, wie nach starkem Fieber, eine Abspannung.
Die mir hilft, dem Getrappel, Geschiebe und Gekratze geduldig zu lauschen; so, als sei ich ein Forscher, der etwas zu entziffern hat, das ihm noch zur Hälfte fremd ist. Dem Gehör nach handelt es sich um eine ganze Kompanie; ein ungeordneter Haufen, der nach vielen Wegen und Umwegen eine Aufstellung findet.
Aber möglicherweise irrt sich mein Ohr, und es sind nur vier oder fünf Tiere, denen geschickte Manöver erlauben, den Feind – mich? – über ihre wahre Anzahl zu täuschen. Im Auf und Ab und Hin und Her berührt mich, wie bereits letztes Mal, der vertraute Unsinn der Bewegung. Die sich erst nach unzähligen Schlingen und Schleifen wandelt in die Schlüssigkeit der Aufzeichnung. Ein immer wieder vertrackter Vorgang, der zum Wahnsinn treiben kann.
Heute halte ich es aus.
Denn ich werde eine Reise antreten, sobald der Himmel sich erhellt. Und würde, könnte ich es noch, bei dieser Ankündigung erröten oder erblassen. Je nach Fluchtweg des Bluts.
Davon erst wieder, wenn es zurückliegt oder geschehen ist.

Der Sommer ist vorbei. Nicht so sehr die anhaltende Dunkelheit vermittelt dies, es ist vielmehr die Abwesenheit von Vogelstimmen, die vor Kurzem noch um diese Zeit lauthals erklangen. Es war, als setzten sie dadurch ein Pendel in Bewegung, das die Sonne an ihren Platz zöge. Kein Licht ohne Gesang. Vermutlich ist aus diesem Grund der Sommer mir am liebsten und am fernsten.

Ganz Ihr H.K.

Stuttgart, den 19. September

An der oberen Zeile können Sie ablesen, wie nah ich Ihnen gekommen bin. Ich sitze in einer Kammer, die ich durch Zufall fand (die Haustüre offen, eine Art Wirtshaus mit Zimmern, deren eines ich unbewohnt vorfand) in der Gaisburgstraße. Das Viertel ist düster, die Straßen steil.
Oder ich haltlos?
Mir ist nicht wohl, und die Stadt macht es einem nicht leicht. Trotz der Kühle herrscht Schwüle; ich fühle alle Entschlossenheit weichen, durch die Straßen zu wandern und Sie zu suchen. Sofern man diese Form der Beschwörung Suche nennen kann.
Der Krieg hat hier abschreckend zugeschlagen, die Fassaden der letzten Jahrzehnte des vergangenen Jahrhunderts bedrücken durch ihre Hässlichkeit, durch ihre Gedankenarmut.
Ich denke immer nur: In diesen Schluchten – denn daraus besteht die Stadt – gingen Sie verloren. Hier endeten die Irrtümer, hier endeten die Hoffnungen. Die Vertreter der Macht und der Justiz wetteiferten mit den festgesetzten Gegnern um den Paradeanteil an Pathos. Jeder in seiner Sprache. Hier spielte der trostlose dritte Akt, dessen Säure alles zersetzte.
Und ich frage mich zum hundertsten Mal, wie es wohl kam, dass ich, der nur zur Kenntnis nahm, was nach meinen Lebzeiten geschah, auf einmal Anteil nahm. An Ihnen. Und nun, davon betroffen, in Stuttgart havariere. Das Be-

häbige der Mundart wirkt heute tückisch auf mich, als wollten alle, denen ich begegne, ihre eigentlich bösen Absichten hinter gutwilligen Verkleinerungen und Zischlauten verstecken.
So bleibe ich im Geschlossenen und schaue dem Fenster zu, wie es die Luft rahmt.
Wenn diese Meldung bei Ihnen landet, ist ihr Urheber schon abgeflogen. Sie ist der schäbige Ersatz für einen Händedruck, einen Händedruck leidlich morschen Ursprungs.

Ihr H.K.

Sonntag, den 21. September

Mit dem Gefühl, versagt zu haben, reiste ich ab. Der schöne Schlossgarten in der Nähe des Bahnhofs zog mich an; ich widerstand aus Furcht, Ihnen zu begegnen.

Ich möchte Sie treffen, ich möchte Sie verfehlen. Daraus ergibt sich, wie schon oft gehabt, ein Aufbruch und eine neue Richtung: Ich schreibe Ihnen aus Koblenz am Rhein.

Mit unverändert gemischten Gefühlen.

Der Zug folgt dem Verlauf des Rheins; von Mainz an – das ich mir schenkte (und das ich kenne oder müsste ich sagen: kannte?) – wird die Fahrt zum grandiosen Spektakel.

Als spielte Gott seine Trümpfe aus. Die Passagiere um mich herum riefen in allen Sprachen, derer sie mächtig waren, *lovely*. Die ungeheuren Kehren des Flusses, der im Licht eines halbfrohen Herbsttages grau beschlagen schimmerte, rauben den Atem. Jedesmal denkt man, dass nach der lang gedehnten Kurve sich ein Welttheater, ein Rachedrama oder Versöhnungsakt wie hinter einem endlich fortgezogenen Vorhang auftut. Und bestaunt die Burg, die sich nun auf der obersten Klippe zeigt, mit nicht nachlassender Bewunderung für die Erbauer. Und letztlich mit Unverständnis: Wer hat all die Steine aufeinander getürmt, die Mauern, Zinnen, Erker erdacht, geschuftet ohne jeden Zweifel? Das Steile und Stürzende der Hänge kontrastiert erregend mit der Waagerechten, mit der geradezu selbstgerechten trägen Fortbewegung des Wassers; kaum zu glauben, dass bei so viel Widerstreit Trauben in aller Ruhe zur Reife gedeihen. Die Nester ducken sich zwischen Fluss und Berg und wirken doch gar nicht bedrückt, sondern heiter. Als würden alle ihre Bewohner immerzu das Weinglas heben und nie in Verlegenheit geraten, einen Anlass und Grund zum Feiern zu finden.

Solch eine Landschaft flößt mir etwas ein, das Ehrfurcht ähnelt oder sogar ist. Sie scheint mir Zeugnis einer imperialen Macht, die so umfassend ist, dass sie es sich leisten kann, Liebliches zu schaffen. Mit der Faust könnte sie es im nächsten Moment zerschmettern. Und damit uns, die wir von Augenweiden abhängen, die ein anderer für uns einrichtet.

Hier, in Koblenz, sitze ich übrigens im Theater, das ich durch den Bühneneingang betrat. Der Raum liegt im Dämmer, im Rücken die Ränge wie viele Augenpaare.

Gute Luft.

Der eisblaue Vorhang ist geschlossen, goldene Tressen, die sich, durch unsichtbare Aufruhr dahinter gelenkt, wie ausschreitend blähen.

«Ridendo corrigo mores» steht über der Bühne in goldenen Buchstaben geschrieben; das ist unbestreitbar, wahr. Das Lachen berichtigt uns. Ich habe höchsten Respekt für das Lustspiel, das zutiefst Komische und das zutiefst Grausame entspringen derselben Schwäche. Einem Fehlen von seelischem Tonus, den die Seele, nicht weniger als ein Muskel, für das Aufrechte und das Aufrichten braucht.

Ich sitze und habe das Gefühl, zu atmen. Theater schafft alles.

Der Vorhang öffnet sich, durch einen schmalen Durchlass

erblicke ich eine zierliche Gestalt in grober Kleidung, dunkles Haar, ungekämmt. Absage an eine Frisur, die in früheren Rollen den Kopf gebändigt hatte. Die Augen sind unsicher; jahrelang waren sie hinter einer Brille versteckt. Nicht nur vor, auch hinter ihren Gläsern war es schwarz. Spuren von Fesselung in den Bewegungen. Mater dolorosa. Aller Töchter und Söhne. Der Verlassenen. Das ist unerhört, ich weiß. Aber ich sah's. Auf der Bühne, vor meinen Augen, stand der Schmerz. Stand ein an sich selbst zugrunde gegangenes Wesen, stand ich. Verharrung auf beiden Seiten. Blickwechsel kann man das schlecht nennen, eher Übergang, Eintritt.
Die Arme hingen der unglücklichen Figur so schwer an, als wären die Hände Gewichte. Die Schultern mutlos.
Ich versichere Ihnen, Ulrike, mich fror derartig, dass ich meine Arme um mich schlang wie jemand, der noch wärmen kann.
Von den Rängen her belegte ein klagender Stimmennebel die Luft. Fein wie Spinnweben, und genauso unumgänglich: Ich blieb darin hängen.
Der Vorhang im kalten Gletscherton zog zu, verbarg die Gestalt, auf deren Winken oder Zeichen ich vergeblich wartete. Oder doch nicht? War die plötzliche Ausbuchtung im schweren Stoff einer Kraft geschuldet? Einem Faustschlag?

Ihr Nächster: H.K.

Berlin, den 30. September

Den Rhein noch in den Gliedern – nein, golden ist er nicht: er ist ein dunkler Strom, voller Geschäfte, die sich keinesfalls allein durch den Verkehr erschließen lassen – traf ich in Berlin ein.
Die Vision im Koblenzer Theater hätte mir zu Lebzeiten ein starkes Kopfbrausen beschert; nun weht sie nach als Farbveränderung. Vom Pastell zum Düsteren.
Oder Helleren? Die einfachsten Dinge weiß ich nicht zu bestimmen!

Also setzte ich mich an den altbekannten Ort, übersah die herbstliche Kühle und den Sturm, der mir das Laub um die Füße scharte wie bettelnde Kinder.
Und, kaum verankert, erschien bereits Marius, mit törichten Plänen geradezu beladen.
Eine Tagung – bei Nacht! – von Freitoten will er einrichten! In Berlin, im *Narkosestübchen*! Er nannte mir in Windeseile eine Fülle von Namen, mir allesamt eher unbekannt, die er hoffte, zu erreichen. Er sah ganz zerschmettert aus von der Wucht dieser Aufgabe.
Er fragte mich, ob ich für ihn reisen würde – da ich doch so gerne ohne Niederlassung wäre.
Ich wehrte das Ansinnen sofort ab, war aber doch neugierig, seine Gründe zu hören, soviel Elend und Not zu versammeln und Revue passieren zu lassen. Denn unser Freisein ist ja keine Freiheit, sondern nur ein Freisein von Schmerz.

Marius erwiderte, er empfange Trost daraus; die Lebensgeschichten, das Lebenswerk der Betreffenden (und der Betroffenen) seien ihm vertraut, er hege dafür Bewunderung und den Wunsch, die Radikalität seiner Entscheidung durch die Begegnung mit den anderen zu mildern. Die durch einen Sprung rasant abgeschnittene Zeit sei noch immer wie eine schneidend scharfe Klinge, an der er sich selber verletze. Das müsse, fand er, besonders ich gut verstehen, der ich seinerzeit der Hoffnung Ausdruck gegeben hatte, auf einem anderen Stern als diesem einen besseren Platz zu finden. Nun, dieser Stern muss von uns erfunden werden, schloss er, und sei es nachträglich. Es gibt Freistaaten – warum dann keine Freisterne? Zum Beispiel hier, warum nicht? Geringes wird durch Sehnsucht groß.
Und warum nicht als Fest? Schlimm, schlimm, schlimm seien bei den meisten der Freitoten die Lebens- wie die Todesumstände gewesen, Gepeinigte, Verfolgte, Geächtete, Seelenwunde – wer, wenn nicht sie? habe ein Fest verdient. Sie, die Jungen, sie, die von Geburt an Uralten.
So spann er noch ein wenig weiter – in wechselnden Sprachen den Stern taufend, stella libera, terra incognita und Ähnliches. Bis es dunkel wurde und die Berliner Häuser die Augen öffneten. Eine schöne Stunde, die, in der die Lichter angehen. So hell, als gälten sie allen, auch den Toten.

Die Nacht ist einfach freundlicher; sie ist der Arm, der sich weich noch um die hängendsten Schultern legt. Und Marius' Pläne sind eigentlich so töricht nicht. Er möchte einräumen, wo es keinen Raum gab; er verlangt Spiel-

räume für diejenigen, die vom Spiel ausgeschlossen waren.
Nur ich kann, wie schon damals, mich schwer in oder unter etwas mischen.
Mag sein, ich hätte es von Ihnen gelernt.

Ihr H.K.

Berlin, den 2. Oktober

(Lieber Kleist, ich kenne sie alle – auch ohne die Liste ihrer Namen. Geselligkeit kann ich mir keine vorstellen; jeder Schädel zerbrach auf seine Weise. Unvereinbar. Meiner platzte. Die Tolpatschigkeit des Vorhabens ehrt Ihren Freund Marius.)

Ich lasse Platz für meinen Zwiespalt – wie immer. Wo er sich auftut? Zwischen Verstummen und Ausdruck.
Sie Abgerissene.
Ich Abgerissener.

Bis morgen.

Ihr H.K.

den 3. Oktober

der Himmel weinte den ganzen Tag. Kein Wunder, bei all den Ergüssen auf den Rednertribünen. Ich verließ das *Narkosestübchen,* in dem ich normalerweise die Mittagsstunden verbringe, weil das Fernsehen in diesem besonderen Fall erst recht nicht mit Fernsicht einherging. In den Ohren blieb mir das Rauschen des Staatstragenden, das mir in jeder Hinsicht fremd war und bleibt. Ich glaube nicht an Verbrüderung, nur an das Verschwistern.

Möglicherweise ist es das Tiradenhafte des Regens selbst, das mich in trübe Stimmung versetzt und Ihre Worte zurückkehren lässt, die mich im Frühjahr überfielen, als ich mit nichts rechnete. Die ich im Vorübergehen mehr aufgriff als las – vom Wahn, von der willigen Unterwerfung, deren andere Seite die furiose Selbstverwerfung ist, vom Geißeln, Vernichten und Bezichtigen.

Verstehe ich? Schuf ich dergleichen? Im eifernden Kohlhaas, in der ab-göttischen Penthesilea, im liebeglühenden Käthchen? Ja und nein! Nein – doch. Es gibt keine Antwort darauf, nur Erkundungen.

Mit der Sprache bewaffnet zu sein bedeutet Unsegen. Und Unsägliches. Sie wandten die Waffe gegen sich selbst, Sie rammten sie sich – nicht anders als Penthesilea ihr Schwert – ins Herz. Da hatten bereits die anderen gewütet und zugeschlagen und dasselbe getan wie die Sittenverderber, nein, ich muss ein altes Wort neu prägen: die Sittenstrolche – ein knappes halbes Jahrhundert zuvor: die Vernichtung der Sprache durch die Sprache. Im Kleid der Korrektur. Als Sie sich erhängten (grausames Wort, es fährt in mir hinab wie ein Fallbeil), waren Sie längst tot. In Oßmannstedt aber erlebte ich Sie.

Beide Geschöpfe erschienen mir im Koblenzer Theater.

Die Verzweiflung dieses Doppelwesens ist das Wasserzeichen unserer Luftpost. Es übergreift die Jahrhunderte.

Sie wandten – ich wandte – einmal ein, ich verstünde die neuere Zeit, die nicht meine ist, nicht. Nein! Es ist unsere Aufgabe, Gestalt zu verleihen – wäre sie es nicht, zählte nur das selbst Erlebte und Bezeugte (wie außerordentlich wenig wäre es in meinem Fall! Und wie gar nichts wäre damit zur Form gesagt!), man bräuchte die Kunst nicht. Man bräuchte nur ein Aufzeichnungsgerät, welcher Art auch immer. Von jedem zuverlässig zu bedienen, der die schlichteste Ahnung von Mechanik hat. Ohne Unzuverlässigkeit aber entsteht nichts von Bedeutung. Die Offenbarung rührt aus dem Zugespitzten, das sich nicht entnehmen lässt, nur erfinden. Ich habe mich immer in fremde Zeiten – zurückliegende – hineingedacht und dabei die Schlüsse aus meiner eigenen gezogen. Diesmal ist es eine mir nachgefolgte Zeit, Ihre Zeit. Sie liegt mir vor. Ich verwende mein ganzes Augenmerk auf sie, weil ich Sie traf. Sie ging mir vorher nicht nahe. Lassen Sie mich Ihr Mitwisser sein. Sie erinnern sich an den Pelikan? Am Ende sind wir beide Meister der Selbstzerfleischung – keiner von uns zugunsten von Kindern, aber womöglich zugunsten einer neuen Generation, der wir als Stimmen bleiben, Sie selbst im Verstummen, ich selbst im Stammeln.

Liebe Ulrike! Was überlasse ich der Luft für Schwergewichtiges! Sehen Sie es nach.

Ihr H.K.

zurück in Berlin, den 5. Oktober

es hat sich in meinem Leben nie bezahlt gemacht, Zuversicht zu zeigen. Das setzt sich fort.
Ich ließ mich von Marius zu einer Fahrt, genauer gesagt: zu zwei Fahrten überreden, die mich ins heimische Finstere zurückbrachten, nach Frankfurt nämlich und zum Schloss Neuhardenberg. In beiden sind Ausstellungen zu sehen, die mich betreffen (eigentümlich genug), Kleist im Dritten Reich. So steht es angeschlagen. Die Herren haben mich gelesen und gebeugt. Oder nicht? Das ist unheimlich.
Nebenbei: Es war das erste Mal, dass ich nach F. zurückkehrte und der erheiternde Gedanke bemächtigte sich meiner, dass Goethe, der aus dem anderen Frankfurt stammte, und ich ganz recht verteilt waren: Das besitzanzeigende Wörtlein – mein Main – dem Geheimrat; das Wörtchen, das Zaudern und Zweifeln anzeigt, dagegen für mich: Oder.
Ich fühle mich schwach. Der Umgang mit dem oben Bezeichneten ist zu aufreibend. Lassen Sie mich rasten.

H.K.

Berlin, bereits der 12. Oktober

Gold! Rot! Es wirbelt um mich herum, jedes Blatt ein Farbbrand, vom Wind entfacht, die Luft ist bewegt wie sonst nur Wasser, in kräftigen Schüben wird der Tanz, wenn er ins Stocken gerät, wieder geschürt, die Menschen taumeln mit, die Gesichter bis zur Idiotie verklärt.

So stand ich auf und bin froh, dass ich nicht bei einbrechender Dunkelheit versuchte festzuhalten, was mich in meiner Geburtsstadt empfing. Hier, jetzt, an diesem Morgen, erlebe ich das Korrektiv dazu. Ich beuge die Knie vor dem Erfinder des Lichts.

Die ehemalige Garnisonsschule in Frankfurt, die mit mir das Geburtsjahr teilt, dient nun als Museum. Dahinter schwillt die Oder herbstlich an und schlägt hart gegen die Ufer. Dem Zustand des ewig Flüchtenden Rechnung tragend, hielt ich sogleich Ausschau nach dem Fährmann; er kam nicht, müßig, es zu erwähnen. Aber ich wäre ihm gern, wäre er mehr als meine Fiktion, auf die rettenden Planken gesprungen, aller Lasten ledig, nur dem Fluss lauschend, wie er vom Fließen träumt.

Ich lief durch die Ausstellung, vorbei an einer liebenswürdigen Hüterin und sah mit Beklommenheit die Gegenstände, die mein Leben bezeugen sollen. Manches ist rührend, anderes verkehrt. Entlang des Treppenhauses Zitate, die den Kerl Kleist beschwören, das Blutrünstige, das Patriotische, das Gesetzlose. Zu Lebzeiten wurde ich nicht verstanden, zu Todzeiten ganz offensichtlich auch nicht. Oder doch? Erneut beklemmt mich diese Frage. Immer das Äußerste wollte ich – aber nicht, um es zu besingen. Nein, um es zu gestalten, damit es erfassbar werde, ermessbar in der Tiefe seines Unglücks und seiner Verirrung. Und seiner Unabdingbarkeit, weil die Menschen so sind. Weil es mich betraf.

Eine einzige Frau war neben mir Besucherin der Ausstellung; aus ihrer Sicht war sie folglich ganz allein.

Sie fiel mir auf, weil sie versunken und zerstreut zugleich erschien. Sie trug einen Schottenrock im herbstlichsten Rot, dazu eine moosgrüne Strickweste, insgesamt eine heitere Erscheinung. Zu der passte nicht recht der schwermütige Ausdruck, der zögerliche Gang in Stiefeln. Am längsten stand sie vor Vitrinen mit Nichtigkeiten, gelegentlich notierte sie etwas in ein Büchlein, dessen rote Farbe abgegriffen war. Sie zupfte an ihren Haarspitzen, als gäben diese so etwas frei, das andernfalls unerschlossen geblieben wäre. Wie gern hätte ich in dem Moment fragen mögen, was? Und warum? Was sie versteht, wenn sie meine Worte liest, mein Konterfei betrachtet, der Stadt – die gänzlich verändert ist – ansichtig wird. Was? Retten wir uns so? Dass irgendwann einmal jemand eine Lesart unserer Leben bietet, die zu leben wir wünschten, aber nicht imstande waren? Es wäre der Ausgleich zu den vielen falschen, die einander ablösten. Und für die wir, nicht zu vergessen, die Vorlagen lieferten. Den Zwiespalt.

Von Neuhardenberg im nächsten Brief.

Es grüßt

Ihr H.K.

den 14. Oktober, vor Sonnenaufgang

(Lieber Kleist, jedes Lesen ist auf Verbündete aus, im Stillen oder im Öffentlichen – wundern Sie sich also nicht. Und was die Frauen betrifft oder doch die meisten: sind Sie selbst am Missverständnis schuld. Wenn sie sich nicht unterwerfen, richten sie sich selbst. Also entweder halbe Heilige oder Heroinen. Ausnahme ist die Marquise. Die lernt etwas und verändert sich.)

Innerlich so durch Ihre Stimme gerüstet, begab ich mich zum Schloss Neuhardenberg. Der Bus fährt durch die milde märkische Landschaft, glatte Seen spiegeln den Himmel. Birken und Eichen. Unvermittelt, zur Linken einer schnurgeraden Straße, blendend weiß, die Schlossanlage. Im starken Wind weht der Reisegruppe, kaum ausgestiegen, eine ganze Zeitung entgegen, einzelne Blätter trudeln wie Drachen gen Himmel. Der verzweifelte Zeitungsleser jagt ihnen nach, springt, hechtet, bückt sich. Die Reisegruppe lacht befreit – man war ja zu Ernstem unterwegs, das hatte sich unterwegs herausgestellt, in den von mir belauschten Gesprächen.

Eine schöne kleine Szene, dachte ich, die Neuigkeiten, wie sie sich in Luft auflösen; dann folgte ich dem Tross nach.

Setzte in den Räumen Fuß vor Fuß, Militärmusik erklang, dasselbe Stück wieder und wieder, soldatisches Gebrüll, an den Wänden und in den Vitrinen Aufnahmen, Schriften, Programmhefte: Ich, der ich kaum aufgeführt wurde, fand in jenen Jahren den heißesten Anklang, den größten Ruhm. Auf beiden Seiten. Bewegt es mich? Und wie? Es muss vor-

läufig offenbleiben; selbst im Tod, scheint mir, zerrt noch der Wunsch nach Glorie an der zerrupften Seele.
Ich ging, ohne den oberen Stock in Ansicht genommen zu haben. Dort die Geschichte des Grabsteins. Die kenne ich von innen und will sie – noch besser – nicht wissen.

Ihr H.K.

Berlin, den 16. Oktober

Ich strolchte noch ein wenig durch den Schlosspark, in dem sich Gäste einer Tagung vom Sitzen erholten. Und dachte über Begegnungen nach; die meisten oder doch wesentliche hatte ich zu Lebzeiten in der Lektüre – dort traf ich meine Figuren. Nun lese ich Sie, deute Spuren, horche nach und schreibe davon. Gestalten bedeutet keineswegs, alle Geheimnisse zu begreifen. Aber es bedeutet, ihnen eine Form zu verleihen, an der andere – vielleicht, weil sie gescheiter sind, vielleicht, weil sie nachgeboren sind – Neues begreifen können. Ach! Schluss damit.

Um mich herum segeln braun-gelbe Blätter, dürr und saftlos, schwirren; mal Auftrieb, mal Absturz. Nicht, dass es in mir anders wäre!

Den Kohlhaas haben, nebenbei bemerkt, sowohl die einen wie die anderen am stärksten für ihre Zwecke gefleddert. Den Machthabern war er Sinnbild des ganzen, des gekränkten Volkes, das sich auflehnt. Nein! Das innere Wüten von Kränkung, Verachtung und Ungerechtigkeit in der Seele des Mannes erzeugt das Terroristische. Die Verblendung beginnt mit einem echten Missstand (das, denke ich, ist auch für Sie selbst und Ihre Kampfgefährten festzustellen); und im Handumdrehen ist alles außer Gewalt kein Handeln mehr, sondern Zaudern, Nachgeben und Paktieren. Auch die Liebe bedeutet nicht mehr Stärke, Verbündung und Aufgabe, sondern Stillhalten. Und wird gekündigt. Es gibt derartige Seelen mit solch entsetzlichen

Strudeln, dass alles, genau wie in den Fluten, in die Tiefe gezogen und vernichtet wird. Für Entstellung ist bei so großer Fliehkraft gesorgt, der Betreffende erkennt das Zerstörte gar nicht wieder. So geht es ungehemmt weiter.
Auf diese Weise dachte ich vor mich hin, das Laub auf feuchten Wegen raschelte und knisterte wie die Bassstimme zu meinen Überlegungen. Eines der Zeitungsblätter hatte sich im Astwerk einer fast kahlen Kastanie verfangen und wehte von dort, als sei's die Fahne eines untergegangenen Staates.
Ich bildete mir sicherlich nur ein, Ihr Konterfei zu erkennen. Die dunklen Gläser zur Abschirmung, eine traurige Maske, Insignie der blinden Wut.
Im andern Park, im Oßmannstedter, traf ich eine andere; trafen sich Gespenster?
Für heute – nicht zum ersten Mal – genug gestammelt: Ihr

H.K.

den 19. Oktober

ich floh einmal mehr und begleitete Marius in seine Gegend, denn er hatte mir, der ich ihm, nicht anders als Ihnen, von Bäumen vorsang, versprochen, dass dort der schönste Herbst sei. Und Deutschlands letzte Wildnis. Es liegt im Schwäbischen, mir nachfolgende Dichter haben die Landschaft besungen und verewigt: Blaubeuren an der Blau, ein zwischen Felsen, ja, geradezu Felsmassiven, eingeschlossener Ort, der ein Kloster vorzuweisen hat und den Blautopf. Ein stilles Wasser, am heutigen Tag, mitunter aber, dem Erzählen nach, wild. Und auch diesmal, Ulrike, als ich so stand, im flirrenden Licht des fortgeschrittenen Oktobers, dessen Sonne um die Mittagszeit noch wärmt, dachte ich: welche Gewährung von Schonung liegt in der Naturschönheit. Dafür war ich blind, und ich weiß nicht, ob es mir gelingt, Ihnen mein Sehen zu übersetzen.

Tatsächlich ist das Wasser tiefblau, am heutigen windstillen Tag von öliger Glätte. Es könnte sich auch um die geschliffene Oberfläche eines Achats handeln. Sagenhaft verschlungen sind die zu den unterirdischen Höhlen führenden Wege, einige von ihnen liegen in beinah sechshundert Zoll Tiefe. Marius, der alles von Kind auf kennt, stand stolz wie ein Erbauer neben mir Staunendem.

Wenn es mir nur gelänge, die Kraft, die im Staunen liegt, den Worten einzuflößen: echte Lippenbekenntnisse daraus zu machen, die einzigen Küsse, die ich kenne.

Ihr H.K.

Blaubeuren, den 21. Oktober

Wir haben beschlossen, den Ort erst mit dem Regen zu verlassen, den Marius kommen sieht. Noch aber scheint die Sonne verschwenderisch. Lichtbäder.
Der Stadtkern ist alt, bergan dehnen sich neuere Wohngebiete, durch die ich spaziere wie durch ein Magazin. Lesend folglich, auf der Spur der Menschen, die sich hier eingerichtet haben. Die Anwesenheit von Kindern wird angezeigt; mit Spielgeräten im Garten, mit lustigem Fensterschmuck, mit den Namen aller Familienmitglieder auf den Türschildern, nicht selten auch auf der hinteren Fensterscheibe der Autos. Sonderbar!
Das gefallene Herbstlaub wird prompt entfernt, dabei sind die bunten Blätter der schönste Schmuck, der einer langweiligen Wiese zustoßen kann!
Kleingeisterei im Harmlosen.
Wem sag ich's.
Wehe, wenn sie sich mit Macht verbündet.
Wem sag ich's.

Habe ein weiteres Mal den Blautopf umrundet, in Hoffnung darauf, dass ein Blick in derartige Tiefen zu Einsichten führt. Kinder standen am Rand und warfen Steine. Auf der gläsern stillen Oberfläche bildeten sich Kreise, größer und größer werdend. Irgendwann war die sanfte Erregung, die der Stein verursacht hatte, abgeflaut, der äußerste Ring kam als letzter zur Ruhe. So, dachte ich, ist es mit

Ulrike und mir. Ein Stein fiel, traf, das war Oßmannstedt, und hier ist nun die Aufzeichnung der Bewegung, das lange Kreisen um Sie, Unsichtbare. Über unserer Begegnung wird sich das Wasser wieder ungestört schließen – aber die Aufschrift bleibt als Spur des Steins. Ich zog weiter, freute mich an den Kinderstimmen, der vagen Sonne. Der Rand des Kraters ist mit Farngewächsen besiedelt, die mit ihren fein gerippten Blättern, die urgeschichtlichen Zeiten zu entstammen scheinen, dem Betrachter unter Wasser sanft zuwinken wie die Hand einer Frau. Komm.
Wem sag ich's.

Ihr H.K.

Berlin, den 27. Oktober 2008

Liebe Ulrike, Sie werden mich heute wie einen schwärmerischen Schuljungen erleben! Dass die lange Unterbrechung einer Reise geschuldet war, wird Sie nicht mehr wundern. Marius und ich sind kurzerhand von Südwesten aus in den Süden gefahren, dorthin, wo ich zu Lebzeiten nie war, dorthin, wo die Zitronen blühen.

Marius dagegen kehrte in gewisser Weise heim, denn er hat einige Jahre in Bologna gelebt, das wir zuerst besuchten. Entzückt hat mich die nächste Station, die Stadt Ferrara, die im warmen Ziegelrot ihrer Backsteinfassaden widerleuchtet wie eine freundliche Stube.

Das Monumentale der Paläste und Kirchen ist beeindruckend in seiner Unerschütterlichkeit; aber davon muss man nicht sprechen – die kleinen Beobachtungen am Rande dagegen verhalfen mir zu einem Gefühl von Anwesenheit. Beim Gang auf der alten Stadtmauer, der Himmel blassblau, eine Allee mächtiger Ulmen zur Linken, rechts Auen, Brachland, Ausläufer der Stadt.

Dann: Ein Geschrei, Gezeter, Gezirpe, der ganze Baum in Bewegung, dabei rührt sich kein Lüftchen. Aus dem dichten Laub erhebt sich ein Schwarm tausender Spatzen, ein Reigen bildet sich aus Einflug und Abflug in schwirrender Geschwindigkeit, wachsender Aufruhr, bis es tatsächlich so aussieht, als stäubten auch alle Blätter der dichten Krone des Baumes davon, ja, als löste der starre Baum sich auf im Wirbel der Vögel.

Das alles im glühenden Licht eines Herbsttages; die Mauern der alten Paläste erreichen Körpertemperatur.
(Ich unterbreche: Es ist ein schöner Text, den Sie an mich richten, seit Sie in Oßmannstedt auf mich trafen. Hat er mit mir zu tun? Sie sehen in mir den Kohlhaas und die Penthesilea. Schlugen Sie mich nach? Und fanden mich mit ungefähr derselben Notwendigkeit, die sich beim Blättern ergibt, beim Finden einer Stelle, die für die künftige Lektüre und Schreibarbeit eine Wende bedeutet. Aber für mich ist an der Stelle, an der ich alles beschloss, nur Löschung, Tilgung. Ich wollte den Besuch der Kinder nicht mehr; denn es gab niemanden, den sie hätten besuchen können. Verstehen Sie?)

Ja, ich verstehe. Beliebig? Nein. Eine Erwiderung. In der Tat, unsere Begegnung ergab sich so zufällig wie der Fund einer Stelle beim mehr oder minder absichtslosen Blättern. Und Sie haben weiterhin recht: Es war eine Leerstelle. Ich las sie, ich lese sie, ich kreise um sie wie um einen Einschlag; ich schrieb es vom Blautopf. Aber auch eine Löschung hinterlässt ein Relief, nicht nur die Aufzeichnung. Die Spur meines Lesens ist ein Kontakt. Wenn der ungläubige Thomas seinen Finger in die Wunde Jesu stecken will, will er ja zweierlei Gewissheit: Dass es das Gegenüber gibt, aber auch ihn selbst. Indem ich Ihre dunklen Gläser entferne, werde auch ich heller. So wird alles gleichzeitig sichtbarer und unsichtbarer.
In der Schrift halte ich uns fest. Und setze uns entgegen.
Das ist nicht viel, aber zu mehr ist nicht imstande
Ihr

H.K.

den 29. Oktober, sehr früher Morgen

in Ferrara, in einer Kirche, die zu einem Benediktinerinnenkloster gehört, schlossen sich Marius und ich einer Führung an. Eine sehr kleine, kaum hörbar wispernde Nonne (selbst laut gesprochen hätten wir das Italienische nicht verstanden) geleitete die Gruppe in die kaum beleuchteten Seitenkapellen, die mit Fresken ausgemalt waren.
Eine Darstellung traf mich: Der Auszug aus Ägypten, Maria auf dem Esel, den Josef führt. Auf seiner Schulter sitzt rittlings das Jesuskind; es wendet sich nach hinten und streckt die Arme zur Mutter aus; Maria öffnet ihre zu ihm hin, auch Esel und Josef drehen den Kopf in Richtung Marias.
Eine moderne Kleinfamilie, flüsterte mir Marius zu, mit einem echten Vater.
Es sah einfach aus – aus Sicht des mittelalterlichen Malers war es jedoch eine unerhörte Vision. Ich dachte an Sie und an die anderen, welche die Bande durchtrennt hatten – um zu einer Bande zu werden. Womöglich hätten sie als bestehende und unkündbar aufgefasste Bande das Morden nicht zugelassen: denn die Hände wären dafür nicht frei gewesen.

Ihr H.K.

Berlin, am letzten Oktobertag

das Liebespaar ist zurück! Ich hatte längst angenommen, dass die Passion verraucht wäre. Nun jedenfalls setzt sie sich wieder ins Bild; ein Liebesballett mit Strecken, Dehnen, Aus- und Einrenken, großen und kleineren Sprüngen. Der Mann löst der Frau das Haar, indem er Klammern und Bänder entfernt, dann fällt es, kastanienbraun, bis über die Schultern.

Solches Haar müssen Sie gehabt haben, den frühen Aufnahmen nach – glänzend, voller Elan. Wie die Zukunft, die vor Ihnen lag, noch. Wissbegierig bis in die Haarspitzen. Ich las nach, wie Sie erste Liebesbündnisse schlossen, hitzig, stets am Siedepunkt. Die harte, scharfe Gegnerschaft der Stiefmutter, der alles unvernünftig Leidenschaftliche ein Graus war. Der erzwungene Gehorsam, wütender Verzicht. Das hatte Folgen; notwendig? Wer weiß das schon.

Bin ich, war auch ich hitzig? Wohl ja, aber dennoch langsamen Bluts, zaudernd bis zum Stillstand, vor Verzweiflung über meine magere Lebensausstattung, in jederlei Sinn des Worts, von Beginn an unmäßig gehemmt.

In der Zwischenzeit wurde das Liebespaar unsichtbar für mich; nun stehen sie, kaum bekleidet, am offenen Fenster und rauchen. Ihr Blick folgt den Rauchwolken, abschiedsschwer. Die Brille, der Anschluss an die Welt, liegt noch im Abseits.

Von dort grüßt Ihr

H.K.

den 3. November

Monat der Toten. Unser Monat. Marius ist unausstehlich. Und unversöhnlich. Er hat wohl in der Zeitung gelesen, dass die von ihm geliebte Frau mit ihrem Mann wahlkämpft, ein Bild zeigte die beiden (und er es mir), wie sie, Arm in Arm, winkend, als seien sie im Begriff in See zu stechen, eine größere Menschenansammlung grüßen. Zwischen den Zähnen stieß er hervor, dass solche Auftritte, Amerika abgeschaut, schon immer die Lieblingspose des Paars gewesen seien. Eine winzige Narbe an ihrem Handgelenk, Innenseite, sähe man bei dieser Geste, mit deren Zurschaustellung habe sie ihn seinerzeit getröstet: Es war nämlich die Spur einer kleinen Verbrennung, die sie sich beim Kochen – für ihn – zugezogen habe. Damit, so ihre Worte, grüße ich nur Dich. Pah! rief Marius und stampfte auf. Folgenlos dieser Zorn, insofern bruchlose Fortführung von Lebzeiten. Ich sagte es aber nicht, ließ ihn toben, während wir beinah so hurtig wie die Lebenden durch das Laub auf den Gehsteigen wateten, das sich, bunt und glitschig, über den grauen Bezug der Stadt legt wie ein Schuppenkleid.

Im *Narkosestübchen* herrschte helle Aufregung, zwei Fernsehgeräte in entgegengesetzten Winkeln liefen auf höchster Lautstärke und verkündeten mal diesen, mal jenen Ausgang der Präsidentenwahl in Amerika. Die Männer, das Glas auf halber Höhe zum Mund erhoben, starrten zum Gerät wie auf eine Offenbarung: Dafür fehlt mir jede Möglichkeit des Verständnisses. Kenntnisnahme – ja, Anteilnahme – nein. Wie es Ihnen damit wohl ergeht? Sie: fremde Frau. Nahe Seele. Der Kreis, der dem Einschlag folgt, ist längst groß; aber noch immer schließt er seinen Grund und Abgrund ein. Und wäre ohne ihn nicht, weder eng noch weit.

Wir saßen eine Weile, Marius verstummt, inmitten der Wogen nahender Geschichte, derer die meisten dadurch habhaft werden wollten, dass sie mit lauter Stimme den Namen des Bevorzugten in die Menge riefen wie eine Wahrsagung. Das junge Gesicht des einen Bewerbers, den ich aus der Ferne vor Monaten hier erlebte, hat, bei aller Glätte, etwas Uraltes, Trauriges.

Vermutlich nur unter meinem Blick.

Nun, aus anderen Niederungen, der Dachkammer, den letzten Gruß für heute. Es ist dunkel geworden. Ich denke an die Ilm, wie sie nächtens schwarz vor uns lag, nicht mehr Fluss, sondern Edelstein. Die Luft übernahm das Atmen.

Ihr H.K.

Berlin, den 7. November

Warum, fragen Sie sich und frage ich mich, warum fährt er nicht erneut nach Stuttgart? Oder beide nach Oßmannstedt? Oder Italien?
Ach, so einfach ist es nicht. Ein Zufall lässt sich nicht wiederholen. Ein Unfall noch weniger. Was nichts an dem Ausschlag ändert, den sie gaben.
Im Übrigen versuchte ich es ja; im Leben schon ist das einander Habhaftwerden das Unwahrscheinlichste, wie erst jetzt! Es geht und ging nur in der Schrift, sie ist mir geneigt. Und Ihnen. In ihr erfuhr ich Freundschaft. In ihr, so hoffe und wünsche ich, erhalte ich Sie als Freundin.
Es gab Menschen, denen waren Sie, jung, eine leidenschaftliche und zärtliche, ergebene Freundin; Sie bestanden nicht darauf – ich meine auf der Möglichkeit von Freundschaft unter allen Umständen –, Sie verübelten sich die eigene Inbrunst, trennten sich davon im Sprung. Und sprengten die Fesseln. Zugunsten der neuen.
(Hier schreibt der Fundamentalist vom Fundamentalismus, der Rigorist vom Rigorismus!)
Wohl wahr. Und doch nicht.
Werde – endlich einmal wieder – alle Ungewissheiten zum Lietzensee tragen. Dort werden sie sich wenigstens spiegeln.

Stellen Sie sich vor, Ulrike! Da saß ein Mensch, ein junger Mann von schönem Äußeren (er erinnerte mich an den

Freund Ernst) auf einer Bank am Ufer des Sees und las – mich! Ein kleines, gelbes Heftchen, kaum größer als ein Handteller. Ich setzte mich neben ihn, selbstverständlich unbemerkt, und schielte zum Titel: Die Penthesilea! Mit einem Bleistift strich er Stellen an, notierte wohl eigene Kommentare, die Zungenspitze zwischen den Zähnen wie ein eifriger Schüler.

«Und jeder Busen ist, der fühlt, ein Rätsel» – großes Ausrufungszeichen. Zwischendurch sah er so prüfend auf den See, als gäbe der Auskünfte zum Gelesenen. Ich blieb neben ihm, durchaus entzückt über die Vermerke und Zeichen, die er auf beinah jeder Seite setzte. Das Heftlein sah von diesem Zugriff regelrecht lädiert aus. Es war schöner als jede Aufführung!

Vor uns paradierten Mütter, die ihre Kinder in Wägen schoben oder um den Leib trugen, manche von ihnen nahezu rennend, mit einer Hand das Gefährt vorwärts stoßend, keuchend und schweißnass. Wie fremd!

(Darin sind wir uns einig; man glaubt ja fast, sie würden um ihr Leben rennen. Eine neue Religion, scheint mir. Die Penthesilea las ich natürlich auch, angetan vom Frauenstaat. Wie passt das bloß zu den schrecklichen Entwürfen eines Frauenlebens – Dienerin des Mannes etc. – an anderer Stelle?)

Ich entkam meiner Zeit wohl nur schreibend – nur dann, wenn es ans Gestalten ging.

Im echten Leben nie.

Sind Sie mir darin, im Scheitern, nicht Schwester?

Ihr H.K.

Berlin, den 11. XI

Ein unwirtlicher Tag, ins Grau von Uniformjacken gehüllt. Die Farben sind gedämpft, aber, leider, die Geräusche nicht! Die Luft ist mit ihnen gemästet: Das stockende Anfahren und kreischende Bremsen, das ohrenmarternde Reiben des Gummis auf dem Pflaster und das Hupen der Ungeduldigen, die Klingeltöne und lauten Gespräche, das Bellen und Kläffen der Hunde, das babylonische Stimmengewirr der Fußgänger, die aus allen Straßen quillen, das Geschrei aus tausend Lautsprechern; es ist und bleibt eine Attacke. Unsere Begegnung hat mich der Gegenwart zugeführt, aus dem Dämmer gerissen, in dem sich alles befand. Die Schattenseite war still.

Alles ist auf Sendung, sagt Marius immer, und keiner glaubt an Sendung. Zu solchen Sätzen ist er grundsätzlich aufgelegt, vielleicht rührt es daher, dass er, wie Sie, viel für Zeitungen schrieb. Dort sind dergleichen Blitzbefunde sicherlich gefragt. Und ich habe mir angewöhnt, bei ihm Erkundigungen einzuziehen wie in einem Nachschlagewerk; ich glaube, er mag das, jedenfalls antwortet er freimütig. Von diesem Magazin weiß er selbstverständlich nichts. Erzähl mir, bat ich ihn vor Kurzem, erzähl mir, wie du gelebt hast, wie du es gehalten hast mit der Politik (nicht mit der Politikerin!) – usf.

Es wurde eine lange Sitzung. Ich verstand einiges besser; vor allen Dingen, wie gewaltig die Unterschiede sind zwischen unseren Epochen. Ich war noch ein Untertan, ich diente meinem König. Unvorstellbar für Marius! Autorität, sagte er, kenne er nur in unterhöhlter Form, vielmehr: seine Generation lebte das Erwachsenwerden als Aufforderung, diese, falls noch in Resten vorhanden, zu unterhöhlen. Sich damit von den üblen Hinterlassenschaften der Väter und Großväter zu lösen. Er sprach – und da hörte ich Sie – von den verdorbenen Sitten, den maroden Staatsdienern, der untilgbaren Schuld des Krieges. Mich, schloss er, trieb diese Verdrossenheit in die Arme der Bücher (oder so ähnlich; es ist gar nicht einfach, die Formulierungen einer anderen Zeit anzuwenden, zumal Marius ein echter Virtuose ist), ich glaubte nicht an den Kampf, nur an den Krampf. Nicht an die Wahl, nur an die Qual. Er grinste. Und zitierte einmal mehr einen Philosophen. Für die Studentenbewegung, den großen Protest zu jung, und, als er selbst ein Studium aufnahm, schon zu alt. Das Morden und Sprengen stießen ihn ab; das Eifernde auch. Nichts, sagte er, nichts hatte er dem entgegenzusetzen, nichts als ein paar kraftlose Verse voll echter Empörung. Die sich nicht reimten.

Ich verabschiedete ihn am windigen Stuttgarter Platz.

Ihr H.K.

den 16. November, Nebel überall

heute muss ich Ihnen von einem neuen Wort berichten, das ich von Marius lernte und das mich entzückt: *Bewegungsmelder*. Wir liefen durch eine stille Wohnstraße in Dahlem (der Stadtteil, in den es Marius immer wieder zieht, der Stadtteil seines Glücks und Unglücks, nicht anders als bei Ihnen, ganz anders als bei Ihnen), da ging plötzlich, kaum dass wir uns hinreichend einem Eingang näherten, ein Licht an, oft ein starker Strahl, der den gesamten Vorgarten taghell ausleuchtete. Unglaublich. Meine Freude bezieht sich auf zweierlei: Dass etwas uns Tote aus dem Schatten erlöst, weil es unsere Bewegung wahrnimmt. Dass wir als Störung präsent sind. Und zweitens freut mich, dass es deutlich macht, was uns, Ihnen und mir, geschah. Sie gerieten mir in solche Nähe, dass sie aufgezeichnet werden musste. Ich bin der Bewegungsmelder und lege Ihnen die Meldungen vor, die dem Dunkel entrissen wurden. Einst, in einem Brief an die Verlobte, sprach ich vom Fächer eines jungen Mädchens als Telegraphen, als Fernschreiber der Liebe. Auch dort eine Bewegung, die, aufgezeichnet, eine Erzählung ergab. Nun fügt es sich zusammen.

(Weniges ist mir so fremd wie ein Fächer!)

Das weiß ich. Aber die Luft bewegt sich doch; es gibt eine Art von Atem zwischen uns. Anstelle des Sprechens. Dies ist die Übersetzung; ein Angebot, Ulrike, nicht mehr. Wir haben die Waffen niedergelegt und die Fächer unserer jeweiligen Zeit genauso.

Marius und ich sprangen übrigens närrisch vor den Eingängen der imposanten Wohnhäuser herum, erzeugten so ein Lichtgewitter und versetzten das ganze Viertel in Aufregung; die Hunde schlugen an. Wenn besorgte Bewohner die Haustüre öffneten, erleuchtete sich erneut die Umgebung, während wir schon weitergeeilt waren und dort für Erhellung sorgten. Kindsköpfe, wir Toten.

Ihr H.K.

den 18. XI.

(Lieber Kleist, ich erinnere mich an ein seltsames Stückchen von Ihnen, «Entwurf einer Bombenpost» benannt, in der Rubrik «Nützliche Erfindungen». Denn auch Sie, wie ich, schrieben ja durchaus als Berichterstatter für eine Zeitung, als politischer Kopf und Zeitgenosse. Da sprechen Sie vom Telegraphen und der Fernschreibekunst, in der auch wir uns hier üben. Aber wirklich zum Lachen – das Satirische ist sonst gar nicht so offensichtlich bei Ihnen – ist die Idee der Versendung von umfangreicher und kommerzieller Post in hohlen Kugeln, die von Mörsern und Haubitzen aus, von einer Artilleriestation zur nächsten geschossen, dort aufgelesen, neu gefüllt und weiterspediert werden! Das Kriegerische des Handels, das Gewalttätige des Brief-, also Nahverkehrs, die Aggression beim Eintreffen der Sendung – alles beieinander in der irren Kanonenpost. Und meinem Fall besonders angemessen: Aus dem Kassiber Waffe wird der Kassiber in der Waffe, ha! Sie verschicken Sprengsätze! Das Militärische – die Armee – spielt in unser beider Leben eine entscheidende Rolle, wir leisteten Kriegsdienst, auch ohne Krieg. Auch Sie haben sich ganz schön gerüstet! Mehr als entrüstet. Nebenbei: Das war's, was Sie für die Braunen so anziehend machte.)

Ulrike, ich glaube, ich höre Ihre Stimme! Es ist gelungen, oder doch beinah, Sie zum Sprechen zu bringen. Das leicht Bissige, gleichwohl nicht Ätzende Ihres Spottes, die Lust am Wortspiel, die politische Schärfe, nein, vielmehr eine Schärfe, die überall Politik sieht: Das ist auch die Wiederkehr der jungen Frau, die, ganz in Schwarz und in Rauchwolken eingeschlossen, ihre Gesprächspartner gelassen verachtet. Und deren Witz noch nicht umgeschlagen ist in Wahn. Die zielt und trifft – statt nur um sich zu schlagen und zu verfehlen. Die das Tanzen noch nicht verabscheut – das tut sie erst später, und dann so inbrünstig wie ein Konvertit seine vorherige Religion.

Ich bin so gut wie froh.

Ihr H.K.

Berlin, den 20. November

Schnee. Festlich.
Vor dem beschlagenen Fenster des *Narkosestübchens* taumeln die Flocken, drinnen die Männer. Überall rankt unausstehlicher Weihnachtsschmuck, die Kellnerin, die hinter der Theke das Bier ausschenkt (und ihr Wohlwollen), trägt eine lächerliche rote Kappe mit weißem Besatz. Ich könnte mir vorstellen, Ulrike, dass wir uns hier einig wären im Groll, eilends aufbrächen und die Nasen ins Schneegestöber hielten zur Linderung. Immer wieder Ihr Haar: wie die weißen Flocken sich darauf ausnähmen? Ich bin ein Seh-Räuber.
Das Kreisen um Sie ist dennoch ruhiger geworden, weiträumiger – oder überträgt sich nur das Gedämpfte des Schnees? Dessen Milde legt sich auf alles, selbst die Baustellen werden schön.
Wäre da nur nicht der energische Anlauf auf das große Fest; es scheint mir ein allgemeiner Wahnsinn einzukehren, der alle nötigt, sich mit den größten Beuteln und Taschen auszustatten und einander auf den Straßen, mitsamt der schweren Last, zu rempeln.
Ich habe gar nicht den Wunsch, alles zu verstehen.
Am Lietzensee ist Ruhe, die Bank, auf der jüngst noch ein Leser saß, kalt, verschneit. Meinerseits kein Verlangen, die pulvrige, weiße Fläche mit Schriftzeichen zu verstören.
Adieu.

Ihr H.K.

24. November

Es ist die schönste Stilllegung: Die ganze Nacht Schneefall, und nun, am frühen Morgen, sind alle Geräusche samtig gedämpft. Vom Weißen geht ein matter Schein aus wie hinter den wächsernen Wänden einer heruntergebrannten Kerze.

Die Konturen weich, Dächer, Giebel – alles gerundet. Das steckt an, man möchte gar nicht mehr spitzfindig sein oder scharfsinnig, nur noch nachsichtig, weit- und warmherzig.

«Small talk» – noch so ein Begriff, den mich Marius gelehrt hat, der mir hier zu passen scheint. Ich weiß, er ist abwertend gemeint, aber ich sehe doch in der Abwesenheit des Großsprecherischen eine gewisse Erholung und Zivilisation. Reden wir vom Wetter, zeigen wir alle dieselbe Veranlagung. Die, dem Naheliegendsten Worte zu verleihen, die Fremdheit zu überbrücken, die Hand auszustrecken, wenn auch ungezielt. Freundliche Laute hervorbringen. Ist das nicht human? Oder nur öde? Geplapper? Mal wieder weiß ich es nicht.

Einen Tag später. In Moll.

Ich übersprang den Jahrestag, den Tag, an dem ich meinem Leben ein Ende setzte. Er fiel zwischen den gestrigen und den vorherigen Brief. Aber er verweigert offenbar die Auslassung; er zeichnet sich doch ab.

Den Anfang des Lebens kann man, konnte ich nicht bestimmen, wohl aber die Beschließung. Im letzten Moment nicht allein, welche Ausnahme! Das führte zu einer exquisiten Heiterkeit, einem kindlichen Frieden.

(Sie fordern mich auf und heraus: Sie töteten Ihre Gefährtin, nun, dann kann Ihnen doch die Erfahrung der Auslöschung nicht so fremd sein, wie Sie – immer wieder, grübelnd, – schrieben?)

Das ist es ja, Ulrike, was mich seit Oßmannstedt beschäftigt. Sie haben recht: Ich schoss. Es war der Wunsch der Gefährtin. Ich war noch einmal Soldat, zum letzten Mal, und doch nicht, denn schließlich war es eine Begegnung mit einem Menschen, nicht mit einem Angehörigen irgendeines Volkes. Wir waren so verabredet; wir teilten den Schreck und die Angst. Das heißt, wir halbierten sie.

Dagegen der Militärdienst: neben den zermürbenden, stupiden Gepflogenheiten waren es die Gräuel des Krieges, des befohlenen Tötens, die mich unglücklich machten und die Entlassung suchen ließen.

(Wie kommt es dann zu dem, mindestens in der Sprache, blutrünstigen Patriotismus in Ihren Schriften und Dramen? Überhaupt zu Fanatismus? Handeln, töten denn einige Ihrer Figuren nicht in ihrer Eigenschaft als Repräsentanten von irgendetwas?)

Es liegt wohl in jeder Seele die Bereitschaft, im Auftrag einer mutmaßlich höheren Autorität zu handeln als nur im Namen der eigenen Dürftigkeit – als Deutscher, als Katholik, als Rächer der Opfer, als Königstreuer etc. In einem solchen Auftrag werden alle eigenen Extreme gezähmt und ausgerichtet.

Das wollte ich zur Sprache bringen.

Ihr H.K.

den 28. XI

Marius berichtete kürzlich, dass es einen Preis gebe, der nach mir benannt ist. Für die beste Bewegungsmeldung des Jahres, fügte er spottend hinzu. Auf der Zeitungsseite, die er vorzeigte, sah man den glücklichen Empfänger des Preises zusammen mit anderen, nicht minder Glücklichen – vermutlich die Geldgeber, was weiß ich. Im Hintergrund mein Porträt. Das durchfuhr mich. Um wie vieles ich jünger aussah als die Lebenden! Ich wirkte wie ein Kind. Daran schloss sich der Gedanke, wie es gewesen wäre, wenn wir uns als Kinder begegnet wären. Ich hätte bereits als Knabe Ihr Haar bewundert, das unter keiner Haube verborgen, frei, in jedem Wind geglänzt hätte. Ich kenne ein Bild von Ihnen als Halbwüchsige, die langen Haare zu Zöpfen geflochten, in Hosen wie ein Mann. Herrlich. Überhaupt: Der Bilderreichtum späterer Epochen! Sie lassen sich in Augenschein nehmen, einerseits; andererseits suchen sie einen auf ganz andere Weise heim, als es vor der Fotografie möglich war. In Buchenwald habe ich das erfahren.
Gerade wird es hell. Zögerlich, eine solide Wolkendecke beschirmt uns. Der Weihnachtstand liegt im Dunkel. Noch kein Lautsprecher, der mich vergraulen könnte!

Berlin, 1. Dezember

Ich ließ die Aufzeichnung halb fertig zurück, von einer Art Mutlosigkeit oder besser Fadheit erfasst. Was soll alles? Einzig das markante Datum wäre heute zu vermerken – ich tat es oben, nun gehe ich meine Kreise ziehen.

Ihr H.K.

den 2. Dezember

Traf Marius, der mich ein wenig auf Trab brachte. Ließ ihn schwatzen; vom Dichtersein, vom Schwäbischen, von einem eigenartigen Brunnen unweit seiner Heimatstadt, der mitten im Wald, auf felsigem, abschüssigem Untergrund des Albhanges errichtet wurde. Er liegt an der Linie der sagenhaften Zugstrecke namens Orientexpress – dazu folgten ausführliche, blumige Erläuterungen – und bezeichnet, vielmehr feiert, wohl genau die Mitte der Gesamtlänge. Er habe, so Marius, lange vergeblich versucht, als Zugreisender den Brunnen zu sehen, von außen, als Fußgänger erreiche man ihn gar nicht, und niemals sei es ihm gelungen. Bis zum Tag vor seinem Tod; da sei er noch einmal in Richtung Stuttgart gefahren, in seinem Sitz halb eingeschlummert, habe, wie auf einen geheimen Befehl hin, die Augen geöffnet und den Brunnen erblickt, die Tafel mit der Jahreszahl, zwei, drei Zeilen, die unentziffert blieben, eine dünne Wasserfontäne. Heller Sandstein, in der Farbe des Felsens, alles in allem äußerst unbedeutend. Aber in ihm eine Freude! Als hätte er nun alles getan und verrichtet, was getan und verrichtet werden musste. Als verdiene er nun den Abschied. Ein bröckelnder Brunnen! Die Mitte der Strecke, das Ende des Lebens, der Anfang, ja, wovon? Alles gleich.

Mir leuchtete das sofort ein. Und Ihnen?

(Lieber Kleist: Kaum; ich vertraue Zeichen nicht. Sonst hätte ich den Glauben nicht aufgegeben. Es gibt nur Prozesse. Die lassen

sich verstehen, missverstehen, bekämpfen oder mitvollziehen. Untereinander Krieg.)

Stunden später

Ulrike. Ich habe Sie gehört. Krieg, ja: Aufnahme aus dem Prozess, Stimmen der Verhandlung, auch Ihre darunter. Es traf mich wie eine Faust.

3. XII, ein neuer Tag, derselbe Eintrag

Zunächst muss ich Ihnen erzählen, dass in der Buchhandlung, in die ich – mit Marius, der unersättlichen Anteil nimmt an allem Gedruckten, – geriet, gutes Geschäft von Ihrer Geschichte erwartet wird: Eine Nische war Ihnen und Ihrer Bande gewidmet, der Tisch mit rotem Samt ausgelegt, darauf Stapel von Büchern derjenigen, die Erklärungen und Darstellungen liefern. Im Hintergrund, anstelle von Weihnachtsweisen, der «Mitschnitt» (so Marius' Erläuterung) der Gerichtsverhandlungen. Stimmengefechte der Anwälte, des Richters, Geschrei, Tumult, ein zähes Klingenkreuzen. Wahrlich kein Lustspiel, und zerbrochen ist viel mehr als ein Krug – nein, nichts lässt sich hier als Gleichnis lesen oder bieten, es ist ein einziges diesseitiges Bauchreden. Keiner gehört dem eigenen Gesagten an, alle spucken aus, was ihnen von ihrer Rolle auferlegt wurde. Wo sind hier die Menschen? Schwach, fehlbar, meinetwegen –

Bei Helligkeit

Erneut brach ich ab, und es waren nur scheinbar die Marder zu meinem Haupt, die durch ihr Aufmarschieren störten.

Das Aufgeraute in Ihrer Stimme, die Kraftlosigkeit, der geflüsterte, von allen im Gerichtssaal – und anderswo vermutlich auch – überhörte Hilferuf *(wie, wie signalisiert man, dass sich etwas geändert hat?)*, dann der Übergang zur Kriegssprache, der, wie mit einer Richtschnur ausgewiesen, alle anhängen, das wirre Gerede Ihrer Gefährten vom Morden als im Kriege nicht strafbarer Handlung, Gefährten, die schon längst keine mehr waren: All das ging mir entsetzlich nah, es ist mir noch immer im Ohr, es sickert ein, es bleibt. Welches Gezeter, als einer der Zeugen – ein Häftling aus einem anderen Gefängnis – über den Richtertisch springt, den Richter samt Stuhl mitreißt und mit ihm zu Boden stürzt! In dem anschließenden Gepolter und Stimmengewirr hört man den Staat rumpeln. Wie es in mir wirkt und arbeitet, sehen Sie dieser löchrigen Aufzeichnung an, die ich nun abschließe, ohne zu einem Aufschluss gekommen zu sein. Das ist der Havarie, zu deren Zustandekommen das Versagen so vieler beitrug, vielleicht sogar angemessen. Und schiffbrüchig war auch ich – nicht weniger als Sie.

Ihr H.K.

Berlin, den 7. Dezember

Wäre das mein Stoff? Zunächst ist die Fülle erschlagend. Zu meiner Zeit gab es neben der eigenen Vorstellungskraft kaum Erschließungsmöglichkeiten. Nun einen halben Buchladen zu jedem Thema; in Schrift, Ton und Bild. Da bleibt nur die innere Begegnung, die eine Notwendigkeit der Anverwandlung schafft, erschafft.
Der dritte Akt, das steht fest, wäre der Stuttgarter Akt, ein gespenstischer Puppentanz, bei Ihnen die Fäden bereits durchtrennt, nur Zuckungen, als würde noch jemand daran reißen, bei allen anderen vorhanden, Sprechapparate, der Strippenzieher unsichtbar. Und derjenige, der wiederum diesen bewegt und einstellt, erst recht; seine abwesende Anwesenheit ist die schrecklichste von allen. Nein, beim höchsten Abwesenden handelt es sich nicht um den Rechtsstaat, wie Marius sagt, und nicht um das schlechte Gewissen derjenigen, die ihre Zustimmung unter allen Umständen nach der Macht ausrichteten. Es ist die grausige Gewissheit, dass die Menschen einander auffressen, wenn die schwache Fessel von Übereinkünften sich lockert und reißt. In diesen Abgrund konnten alle schauen, die Staatsvertreter und die Staatsfeinde; um ihn herum führten alle das Ballett auf, dessen scheppernder Begleitmusik ich lauschte.
Nun wird, berichtete Marius, der eigens für dieses Drama errichtete Bau wieder abgerissen! Das soll wohl gehen wie bei einer Teufelsaustreibung; Vernichtung des Körpers zur Rettung der Seele.

Ich habe endlich begriffen, worin der große Unterschied zur Penthesilea liegt, der Sie doch in Ihrer Unbedingtheit und Verblendung so gleichen: Es fehlen die Freundinnen. Die Tonspur, auf die ich traf (übrigens in eine Ecke des Ladens gedrückt, als fürchtete ich die Entdeckung), ist der Abdruck einer uneinholbaren Einsamkeit. Schmerzlich einleuchtend wird darin, dass man das Sprechen verlernt; es bleiben Laute des Entsetzens, roh und doch verschlissen. Als ich, im Frühjahr war das, zum ersten Mal Ihre Worte las, ohne Stimme, blieb der Schreck. Jetzt gesellt sich zum Schreck das Erbarmen.
(Ja, Kleist, die Furien wirkten bei Ihnen immer von innen: Außen dann Schaum vor dem Mund. Den die Freundinnen, die Frauen sanftmütig abwischen, auch wenn es zu spät ist. Solche Furien kenne ich nicht. Meine waren, die heutigen sind: im System.)

nach Sonnenaufgang
Ich machte mir Luft. Die Stadt noch im Halbschlaf. *System.* Auch von Marius höre ich dieses Wort, er setzt es ein wie Magie. Wie hat man sich das vorzustellen? Atmen alle es ein, nur noch darin frei, zu ersticken – im Fall der Ablehnung des Systems?
All diese nutzlosen Überlegungen entlasse ich nun nach Südwesten; wenn es dem Wind gefällt, mag er sie zerstreuen.

Ihr H.K.

den 9. XII

ein paar Tage vergingen. Klirrend kalt. Eine zugige Stadt. Durchaus in Aufbruchsstimmung; es fehlt ein Ziel, ein Anstoß.

Gestern schöner Leichtsinn mit Marius, der sich zu einer Gruppe Kindern im Tiergarten schlug, die sich mit Schneebällen bewarfen. Einer war das auserkorene Opfer, klein, nicht besonders gewandt, ohne Handschuhe und Kopfbedeckung, die Oberlippe durch eine Narbe verunstaltet. Marius schaffte es, wundersam, dessen Angreifer mit gut gezielten Geschossen zu befeuern; zunächst dachten sie sich nichts dabei, weil im Rudel nicht sofort erkenntlich war, dass niemand als Absender in Frage kam. Nicht lange jedoch, und sie wurden zunächst misstrauisch, dann ängstlich, dann bestürzt und kopflos. Gingen aufeinander los, der eine durch einen Treffer aufs Auge besonders gereizt. Der Kleine wusste gar nicht, wie ihm geschah, scharrte den Schnee mit den Füßen, formte schließlich eine Kugel, warf sie hoch in die Luft. Dort oben vermutete er seinen Gönner. Sein Gesicht rot vor Überraschung.

Wir stöberten weiter, ich fühlte eine große Rührung über Marius, der mich an die schönsten Stunden mit den Reisegefährten, die ich einst hatte, erinnert. Da ich ihm von meinem Entzücken, den Bewegungsmelder betreffend, berichtet hatte, spottete er nun gutmütig, ich solle doch auch den «Wehenschreiber» in Betracht ziehen. Dabei wirbelte er jede Menge Schnee auf, die Flocken zerstoben um mich Ratlosen herum. Das vergnügte ihn. Er erklärte mir schließlich die Apparatur, ohne jede Verlegenheit, Schmerzenskurven, sagte er, die Aufzeichnung davon war doch deine erklärte Aufgabe? So ging es weiter; was, wenn die Marquise etc.; wir fielen ins *Narkosestübchen* ein und ließen uns bei der geschmückten Dame am Ausschank nieder, deren künstlich verlängerte Augenwimpern unter Goldstaub beachtlich flirrten.

Gelegentlich denke ich darüber nach, wie es wäre, hätten wir die Zeitalter tauschen können: Hätten wir es leichter gehabt?

Müßig.

Ich werde noch einmal nach Stuttgart kommen, ich will die Mauern sehen, hinter denen Sie verschwanden. Auch müßig? Möglich.

Ihr H.K.

Berlin, den 10. Dezember

Stellen Sie sich vor, Ulrike, seit Tagen teilt eine Katze mit mir die Dachstube. Sie scheint durch meine Gegenwart nicht beunruhigt, schläft, schnurrt, putzt sich in meiner Nähe. Ich kann nicht sagen, ob ich ihr entgehe, oder ob ich nur belanglos bin für sie.

Sie ist mir lieb geworden, weil ich mir einbilde, Sie seien eine Katzenfreundin, mehr noch, Sie seien eine Freundin dieser bestimmten Katze, die ein dreifarbiges Fell aufweist und sehr vornehm aussieht. Ich finde, sie verdient einen französischen Namen – Josephine? – und hoffe, das wird Sie versöhnen! Solange sich kein Kaiser dazu gesellt, fällt, offen gestanden, die Großmut leicht. Sie ist sehr mager, vermutlich wurde sie verstoßen. Was gäbe ich darum, in ihren gelben Augen lesen zu können. Etwas Versehrtes liegt in ihrem Blick – aber möglicherweise habe ich einen Hang zum Invaliden und sehe es überall. Veteran ist sie jedenfalls, und das allein ist ausreichend für ein Gefühl der Komplizenschaft.

Nun kontemplieren wir gelegentlich gemeinsam den Himmel, von dem zögerlich Flocken herabrieseln – so, als müssten sie sich eine Landung auf festem Boden (ach, wenn sie wüssten, wie wenig fest er ist!) sehr gründlich überlegen. Im Licht der Straßenlaternen haben sie etwas Stoffliches; wie gern bereitete ich aus Abertausenden von ihnen der Katze ein Lager, luftgewebt – anderes steht mir nicht frei. Und zu.

Sie aber liegt, ganz unbetroffen von derlei Spekulationen über ihr Wohlergehen, auf den nackten Holzplanken; bekommt nur dann etwas Kriegerisches, wenn die Marder sich melden. Dann streicht sie auf und ab wie auf Patrouille, den Schweif erhoben, die Ohren gespitzt – das ganze Tier nichts als Anspannung. Vielleicht beschließt sie demnächst, sich, nicht anders als ich selbst, über alles, was zu unseren Häupten stattfindet, nicht weiter zu bekümmern, dafür umso mehr ums Unterirdische. Aber Maulwürfe hört man nicht; erst nachträglich, wenn der Einsturz stattgehabt hat, erfährt man von ihrer beharrlichen Arbeit.
Gerade geht die Sonne unter – der Himmel so dreifarbig wie das Fell der Gepriesenen.
Sähen Sie es! Lebten wir!

Ihr H.K.

München, den 16. Dezember

seit zwei Tagen befinde ich mich mit Marius in München. Eine mir gänzlich neue Stadt; ihm beinahe, von einem kurzen Aufenthalt im Gefolge der Politikerin einmal abgesehen. Damals, berichtete er, wären sie vornehm abgestiegen und hätten sich, dem Hochsommer angemessen, in den hiesigen Wirtsgärten am Bier gekühlt und erhitzt. Davon kann heute nicht die Rede sein; wir lassen uns treiben, die Luft ist dick von allerhand Spezereien. Ich bin Stuttgart nahe. Das geht mir durch den Kopf und durch das Herz.

Gestern meinte ich im Gedränge die junge Frau wiederzusehen, die mir in Frankfurt im Museum als einzige Besucherin aufgefallen war. Ich betrachtete sie ausdauernd – das können wir ja ungestört – und wurde mit jedem Blick unsicherer. War sie es? Den Schottenrock trug sie jedenfalls nicht, er hätte das Erkennen erleichtert. Aber sie trug denselben Ausdruck; eine Kreuzung aus Nachdenklichkeit, Kummer und Staunen. Sie fror. Nun, vielleicht war sie es gar nicht, und dass es mir so schien, verrät wohl mehr über mich als über sie.

(Sie unverbesserlicher Schwärmer. Sie erschaffen die Menschen – also die Frauen – durch eine Art Hypostase, d.h., Sie schwärmen so lange, bis sich etwas materialisiert, als Substanz einstellt. Schwermgeister nennt Luther solche Sektierer – bei Ihnen allerdings geht es nicht um Irrglauben, sondern um Dichtung. Schwärmen, auch vom Unheil, ist schon die halbe Poetologie!)

Nun, in diesem Sinne befinde ich mich wohl immer in einem Zwiegespräch: mit Ihnen oder einer frei gewählten Vertreterin, wie derjenigen im Schottenrock. Wir folgten ihr ein wenig – ich verriet Marius meinen Verdacht – und unternahmen auf diese Weise eine regelrechte Stadtbesichtigung. Bevor wir sie aus den Augen verloren, gewann ich noch völlige Sicherheit, dass es sie war, die ich in Frankfurt beobachtet hatte. Ich sah es am Gang, bestimmt und zögernd zugleich, wie von einer Person, die immer auf der Hut ist; die wenigen Schritte im Museum hatten gereicht, um ihn sich mir einzuprägen.
München liegt in italienischem Licht, in seinen Straßen tummeln sich die Italiener, mehr als in Berlin, und vom Kirchturm des alten Peter aus sahen wir die Berge. Eine gut genährte Stadt, wie sie so den Alpen zu Füßen liegt, auf den ersten Blick nichts Räudiges. Die Haut der Menschen vom Erfolg durchblutet, die Stiefel glänzend gewichst, die Schritte fest. Marius bemerkte, dass wir hier doppelt verschwänden. Von der Auslage eines Juweliers konnte er sich kaum losreißen: ein großes Raubtier, lebensecht gestaltet, saß hinter Glas und bewachte fauchend die Edelsteine und das um es herum gebreitete Geschmeide. Hier, sagte Marius, ist das Einkaufen das Abenteuer, nicht mehr das Reisen.
Verschneit lag der Hofgarten, eine akkurate Anlage, welche die Seele erbaut. Die gestutzten Platanen wirken so, als streckten sie ihre vielen Arme hilfesuchend gen Himmel. Hinter Büschen ein Liebespaar, im Kuss so versunken, dass die Welt verschwand. Aber wir, Marius und ich, sind ohnehin keine ihrer Vertreter, nur zwei übriggebliebene Strol-

che, wichtig wie Sternenstaub. Das Küssen ging also weiter.

Mittlerweile der 20. Dez. 2008

Ist eine Müdigkeit eingekehrt? Ich stelle jedenfalls fest, dass ich mitten im Eintrag nachlasse, darauf folgend Zeit verstreicht, die mir unmessbar scheint und dann beim Fortschreiben in ein Datum gerinnt, das vom vorherigen deutlich weiter entfernt ist als bei den vorangegangenen Briefen.
Die Kreise werden größer, die Kreise werden seltener. Flaches Atmen. Kleiner Puls – so wäre es, lebten wir.

Später

Dieser Park! Der Englische Garten in München ist eine Pracht, auch bei dunklem Wetter. Obwohl es zugeht wie auf einem Jahrmarkt, Budenzauber allerorten, verliert die Anlage nichts von ihrer Größe und Würde. Mal wieder sind es die Bäume, die solches bewirken, ihre winterstarren Kronen und breitschultrigen Äste regieren das Treiben mit herrschaftlicher Gelassenheit. In der Ferne sahen wir Reiter, darunter einen Fuchs; im Schiefergrau des Lichts aufgleißend wie eine Verheißung. Marius bemerkte weiterhin zu den Münchnern, dass sie doppelt so viel Geld am Leib tragen wie die Berliner, ausgesuchte Kleidung, edle Stoffe, reichen Schmuck. Selbst die Kinder ruinieren im Spiel teureres Garn als ihre Berliner Artgenossen.
In Ermangelung eines *Narkosestübchens* standen wir an

einem Glühwein-Ausschank herum, die bayerische Mundart erheiterte mich. Es hört sich an, als würden in der Kehle Lappen um die Laute gewickelt, die dann ganz dumpf heraustönen. Und sparsam sind sie zudem, die Bayern, die Silben werden größtenteils geschluckt, als koste ihre Aussprache zu viel.

Über allem lag eine dicke Glasur süßer Festmusik, ihre Klänge malten den Glühweintrinkern ergriffene Kleckse in die Mienen. Der Wunsch kam auf bei Marius und mir, sich schütteln zu können wie nasse Hunde, die auf diesem Weg alles Unerwünschte – neben dem Wasser – in hohem Bogen aus dem Fell stieben lassen. Ein Blick in den Himmel, von zarten Rauchschleiern überzogen, rosa im Widerschein der Stadt, und das Unbehagen verfliegt. Es ist doch alles nur Zeitvertreib, was nichts anderes ist, als den Tod fortzuschicken mittels aberhunderter kleiner Gesten und Feiereien. Dabei können wir ihnen ganz ruhig zuschauen. Nicht wahr?

Weihnachten, noch immer München

in dem ich unterwegs bin wie auf einer Bühne. Das Stück, das gegeben wird, ist artig, mit kaum Toten und vielen Satten. Nicht meine Stadt, allerdings bin ich vernarrt in ihr Licht. Das ist nun, im Winter, von durchsichtiger Schönheit, die Fassaden werfen es hell zurück, ein Licht voller Anmut, Buttercreme, Sahneweiß, Honig – Sie sehen, nichts Armes ist dabei. Marius lästert und behauptet, hier sei auch das Licht kostspielig, jeder Lidschlag habe seinen Preis.

Marius zeigte mir noch den Nymphenburger Park, in dem

alle Statuen winterlich in Holzverschalungen verpackt sind. Dadurch sieht er aus wie noch nicht ausgebrütet, wie die Möglichkeit seiner selbst.
Die Geometrie der Anlage ein vertrauter Anblick; eigentümlich sinnfällige Rückführung in das eigene Jahrhundert, stärker als im heimischen Berlin.
Unten am Fluss, der Isar – unsere letzte Station – vergisst man das alles. Das Königliche und das Üppige. Auf flachem Kiesbett lässt sich dem Wasser lauschen, wie es seinen unterirdischen Weg bespricht. Die weinenden Steine tröstet. Wir beide haben sie, jeder auf seine Art, zum Weinen gebracht. Aber zum Trösten taugten wir nicht.
(Lieber Kleist, Sie sind unverbesserlich im Verschränken unserer Lebensläufe! Aber in einem gebe ich Ihnen recht: Die Vorstellung, das Faktische – also zweihundert Jahre – einfach zu missachten und ein gemeinsames Wirken anzunehmen, ist sehr reizvoll. Als junges Mädchen habe ich mir lauter Koalitionäre erträumt, die durchweg aus anderen Zeiten stammten. Oder nie gelebt hatten; außer schwarz auf weiß. Es waren die beständigsten Freunde.)
Sehen Sie, Ulrike, ganz so sind wir einander zugefallen.

Ihr H.K.

Berlin, den 30. Dezember

Liebe Ulrike, die längste Pause, die größte Lücke bislang. Oder täusche ich mich? Ich bin gereist, ja, aber diesmal steht mir der Sinn nicht nach Berichten. Der Aufbruch war so sehr einer Verlegenheit geschuldet, dass der Aufenthalt nur dem Abtragen derselben, nicht der Ortserfassung diente. Aber die Verbündung mit Marius wurde gestärkt; er ist mir unentbehrlich geworden wie seinerzeit nur das Schreibzeug.

Hier herrscht gläserne Kälte, und alles wirkt zerbrechlich unter dem Einfluss des Frosts. Selbst die Katze scheint ihre Schritte mit einer Vorsicht zu setzen, die das Nachgeben des Untergrunds einrechnet. Aus den Schornsteinen steigt der Rauch kerzengerade auf, zerfranst augenblicklich in der Kälte zu dünnstem Gewebe. Der Tag beginnt blass, erst bei Sonnenuntergang ein feuriges Rot, von dickem Pinsel aufgetragen. Jetzt, in den frühen Morgenstunden, zarte Zurückhaltung. Als gäbe es ihn, den Tag, nur halb, nur angedeutet – ganz mein Fall.

H.K.

ein neues Jahr

Liebe Ulrike, dergleichen – ein Jahreswechsel – erregt uns längst nicht mehr. Das Zählen ist überhaupt nur ein Chronisten-Gebaren, das sich beim Schreiben des Journals von allein eingestellt hat.
Und das uns im glücklichsten Fall eine Art Belebung einträgt, als die Exponenten zweier Zeitalter. Warum darf man sich deren – der Zeitalter – Zusammenstoß nicht ähnlich zwingend (und gewaltsam) denken wie denjenigen unterschiedlicher Erdplatten, die sich tief unter uns geheimnisvoll verschieben? Aufeinander zu, voneinander weg.
Eine Verwerfung der Chronologie; das ist jedes Schaffenden Traum. Womöglich ist es das, was hier geschieht.
Genug der schwerwiegenden Betrachtungen. Lieber schreibe ich nieder, dass der Lietzensee zugefroren ist und sich zusammen mit den Schlittschuh fahrenden Kindern ausnimmt wie ein Gemälde aus früheren Jahrhunderten. Nun passe ich endlich zur Kulisse.

Seien Sie gegrüßt.

Ihr H.K.

bald werden wir wieder verschwinden, verworfen sein, zurückkehren zum Grund wie der Stein, dessen Aufprall sich abzeichnete, in Kreisen, in Zeilen.
Die Spuren der Begegnung sind ihm, ähnlich wie bei Fossilien, womöglich anzusehen, sind zu begreifen – und irgendein Wirbel, ein Aufruhr oder Neugier werden ihn wieder nach oben treiben, irgendwann: Zur Ablesung.
Das Geborensein haftet uns auch im Tod noch an – dem denatus vom ersten Brief! –, die Lebenden wissen es nur nicht. Sie ducken sich vor der Allgegenwart des Tods, sie fürchten ihn zeit ihres Lebens. Ist das nicht verrückt? Immer lieber wird mir die Vorstellung eines einzigen lebendigen Zusammenhangs – Flechten, Moos, Plankton, Luft. Ein großes Gewebe, aus dem man sich löst, in das man wieder ein- und übergeht. Durchgängiges Atmen, auch wenn Einzelnes aussetzt, kein Stillstand.
Sie glauben gar nicht, wie sehr die Katze mich erfreut. Als Kreatur, aber auch als Mitbewohnerin, die mir selbst Leben einhaucht. Im Schlaf hebt und senkt sich ihr Leib unter dem gestromten Fell mit einer Gleichmäßigkeit, als geschehe es im Einverständnis mit etwas Universellem – und das schließt mich ein.
Ich stelle mir gern vor, Sie hätten eine solche Einigkeit erfahren – mit den beobachteten Vögeln vielleicht? Als sanfte Unterlage des späteren Zorns.

ein, vielleicht zwei Tage später

Im *Narkosestübchen* traf ich auf einen erregten Marius; der Krieg im Orient ist der Grund. Ich ließ mir berichten und war doch ganz unfähig, mich zu ereifern, ja, überhaupt zu folgen. Es entzieht sich mir. Bei ihm ist es anders: Sein Jahrhundert, seine Einmischung. Er hadert mit dem Zuschauerdasein, das uns verordnet ist, lobt die Subversion und echauffiert sich bei Sätzen über das Menschengeschlecht. Schon als Schüler, rief er aus, habe ich mich über deine politischen Schriften geärgert – geliebt habe ich die Dramen und die Erzählungen! Du taugst nur etwas, wenn du einzelne Menschen erkundest, Typen zeichnest – aber nichts, wenn es um Politik geht!

Ich verarge es ihm nicht; wir blieben sitzen unter dem Vogelbauer, der weihnachtliche Schmuck wurde entfernt, die Dame am Ausschank allerdings hält am Reichlichen fest und glitzert weiter. Ist sie nicht, neckte Marius, wie deine Kunigunde von Thurneck? Kein Käthchen weit und breit!

(Das hätte ich auch bemerken können! Marius gefällt mir immer besser. Vermutlich werben Sie so für ihn, um mir zu zeigen, welch innige Freundschaft möglich ist. Und wenn ich es verlernt hätte?)

Auch ich habe wahrlich keine große Begabung dafür; dennoch, mag sein, dass es sich so verhält. Aber vielleicht ist es nur der beim Schreiben wie auch beim Lesen mächtige Wunsch nach Anteilnahme. Einer Anteilnahme, die über Kenntnisnahme weit hinausgeht. Diesen Wunsch hegte ich immer und immer auf ungesunde – viel zu zehrende – Weise.

(Frauen gegenüber, namentlich Ihrer Schwester und Ihrer Verlobten, drückte sich dieses Bedürfnis aber unangenehm belehrend aus. Missfiel mir immer.)

Dann lassen Sie zu, Ulrike, dass der denatus noch etwas Neues lernt: Und sind Sie nicht auch ein wenig mein Bruder?

Ihr H.K.

am Fenster Eisblumen. Ich schickte sie Ihnen gerne. Sie gäben ein schönes Wasserzeichen ab und noch schöneren Schmuck. Das Gewöhnlichste scheint durch ihre kristallenen Verästelungen hindurch betrachtet kostbar; jedes einzelne Kristall sieht aus, als hätte es seinen Schöpfer eine geraume Zeit mit der Herstellung beschäftigt. Welche Mühe dagegen war es, Schönheit auf papiernem Untergrund zu fixieren! Weder Hitze noch Frost als Helfer brauchbar; die Gefahr des Vergehens, des Unbeständigen dabei nicht weniger groß. Ganz wie bei den Eisblumen liegt das Wagnis in der Form, die überzeugt, wenn sie da ist, jeden Moment vorher aber heikel bleiben muss. Ein Guthaben in der Einbildung; man ist schon, als Schreiber, ein echter, ein rechter Luftikus.

Hatte mit Marius ein langes Gespräch über Dissidenz. Der Begriff ist mir neu; ich kannte nur das englische Dissenter. Andererseits ist er mir eingeboren. Dass Marius sein Lob sang, ist nicht weiter verwunderlich, mir aber wurde jäh klar, wie entscheidend wichtig es ist, neben der Pflege des Abweichens und Andersdenkens vom Selbstverständlichen, Ausgemachten, Verordneten immer auch Dissident in eigener Sache zu sein. Der Verfechter des nicht eingeschlagenen Wegs, der Fürsprecher der Gegenrede. Auf der Hut vor sich selbst, den innewohnenden Überzeugungen, den getroffenen Entscheidungen, den sicheren Befunden. Und begriff schlagartig: Mein Dissident, das sind Sie!

Die Katze betrachtet die Luft – also mich – so sinnend, als dächte sie ernsthaft über Dissidenz nach. Die Schnurrbarthaare weisen nach oben, die Schwanzspitze peitscht nervös auf und ab, die Ohren sind aufgestellt. Sie für ihren Teil müsste sich fragen, ob sie tatsächlich ein ganzes Katzenleben lang auf Mäusejagd gehen will. Ich gebe zu: Sie tut es nicht. Sie weist Unsinn zurück. Und putzt sich energisch das Fell; mit einer Zunge in der Farbe eines winterlichen Sonnenaufgangs.

Diese Katze hätte ebenso gut vor zweihundert Jahren leben können – dasselbe Fell, dieselbe Fraglosigkeit. Ist es das, was mich fesselt? Uns, Sie und mich, trennt, wenn man in Maßeinheiten der Schöpfung denkt, nicht mehr als ein Komma, ein Zeitstolpern.

Ihr H.K.

von irgendwoher dringt Musik. Ich erkenne die Händelarie «Ombra mai fu» – jemand lauscht, während er sich zur Arbeit bereit macht. Oder aus Schlaflosigkeit? Zum Einschlafen?

Es ergreift mich, wie der Perserkönig Xerxes den Baum, unter dem er Kühlung sucht, so anmutig besingt. Ein weiterer Baumphilologe! Ins Lob der Schattenspender müssten auch wir beide einstimmen, Ulrike – jedenfalls waren sie an Schatten reich, unsere Leben, lang vor dem Eintritt ins Schattenreich.

Wer lauscht einer solchen Musik zu solch einer Stunde? Eine Frau, gewiss! Beim Ankleiden, beim Schmücken, ihr verschlafenes Gesicht dunstig im Spiegel.

(Lieber Kleist, und wenn nicht? Wenn alles öde wäre? In Finsternis erstarrt? Für mich ist das Begräbnismusik, ein Rührstück, der Oper längst entrissen. Gassenhauer.)

Ich bin entschlossen, auf die Musik zu hören. Keine Furcht mehr vor Rührung – ohne Tränen. Und ohne Verse. Wir sind frei.

Die Katze glaubt's mir, ihre Augen öffneten sich einen Schlitz breit, das deute ich mir als Zustimmung. Im Dämmrigen der Kammer haben sie eine eigentümliche Leuchtkraft; und einmal mehr erscheint sie mir als eine Botin.

Ist sie grausam? Liegt vor mir eine Missetäterin? Sind die Untaten von Frauen mythisch?

(Wenn, dann wären es Männer, die diese mythologisieren.)

Alles bleibt ein Rätsel, die kunstvolle Zeichnung, die unsinnige Schönheit des Fells, die scharfe Waffe der Krallen verborgen in überwältigend weichen Pfoten, die Gleichmut des Tötens. Die Reinigung ohne Wasser.

Es ist hell geworden über derlei Schwatzen; das rückt mir den Kopf zurecht.

In den Farben weicht der Winter, der in den Temperaturen noch unwidersprochen aufschneidet, bereits gehörig dem kommenden Frühling.

Bald ist es genug, bald herrscht wieder ein Licht wie in Oßmannstedt. Das war der Auftakt.

Übrigens: Keine Musik mehr.

Ihr H.K.

nah. Wie gehabt; mit der einen oder anderen Ulrike nie anders gekannt.

Die Sprache verschlug es immer dann, wenn auch Berührung möglich gewesen wäre; kaum fort, floss die Tinte, floss das Herz über.

(Das dachte ich mir, dass Sie zu denen gehören, die das Medaillon der leibhaftigen Braut vorziehen.)

Am Lietzensee gestern eine Flugstunde von Gänsen beobachtet, die in stattlicher Anordnung – der Schwarm in der Form eines «y» – den Himmel beschrieben. Das Warten auf weitere Buchstaben war allerdings vergebens, die Sätze bleiben wohl mir überlassen.

Ich bin in ruhiger Stimmung, so, als neige sich etwas dem Ende zu. Die Gesamtheit des Unverstandenen ist gewaltig. Nicht einmal die Welt und die Zeitalter reichen aus, um es aufzunehmen. Mit uns haben sich ja lediglich zwei Sandkörner getroffen, die es zueinander wehte und die darüber die Anwesenheit der unzähligen anderen vergaßen. Andererseits verdanke ich es allein dieser Illusion, dass ich ein Augenmerk entwickeln konnte für Unsichtbares, ein Gehör für Ungesagtes, ein Gespür für Abwesendes.

Diese Überlegungen – halt, das sind gar keine Überlegungen, das sind Pinselstriche – finden auf dem Hintergrund eines pastellenen, nunmehr unbevölkerten Himmels statt, der zum Zerreißen dünn erscheint. Wie ein vielfach gereinigtes, feines Tuch, das so mürbe ist, dass es jederzeit preisgeben könnte, was es verhüllt. Das bewirkte dann keine Erkenntnis, keine beglückende Einsicht oder Offenbarung, sondern wäre die Freilegung einer Wunde.

Über Berlin! Das im schmutzigen Schnee liegt, ein Fußabtreter für die Ärmsten, eine wichtige Stadt, eine unwirsche Stadt. Es zieht mich davon.

Hätte ich damals streunen können wie die Katze – und mich dann der Spuren und Beläge mit ein paar Zungenschlägen zu entledigen, Zeit nur das Kommen und Gehen von Hunger, Ort nur eine Ansammlung vertrauter Gerüche und bekannter Oberflächen. Stattdessen Flucht, Ausflüchte und Ansässigkeit nirgends als auf dem Papier.

Blödsinnige Welt, nun breche ich auf und lasse sie mir, in ihrer heutigen Ausprägung, von Marius erklären!

Ihr H.K.

die Tage beginnen sich zu dehnen. Im *Narkosestübchen* rüstet man sich für den Karneval. Marius meint, der Wirt stamme vom Rheinland. Mit Papierschlangen und lustigeren Kopfbedeckungen als zur Weihnachtszeit. Nun, da kein Schnee mehr liegt, ist die Stadt zu ihrer alten Lautstärke zurückgekehrt, und mir ist, als würde unentwegt in unmittelbarer Nachbarschaft zum Ohr mit einer Sammelbüchse gescheppert. Vulgäres Berlin.

Marius und ich kehren häufiger zusammen ein, er hat wohl den Umgang mit der Dichterin völlig aufgegeben, nun bleibe nur noch ich. Wir sitzen im Winkel und schauen dem Leben zu. Bei schlechter Beleuchtung sehen die Männer – Frauen zeigen sich selten – beinah zufrieden aus. Vielleicht nur darüber, dass ihre Ellbogen aufliegen dürfen und die Dame hinter dem Ausschank mit jedem weiteren Glas das «Wohl bekomm's» liebenswürdiger ausspricht. Vernehmlich, das versteht sich, nur in ihren vom Bier immer geneigteren Ohren. Wird der Irrtum zu groß, das heißt, versuchen die Männer ihrem Eindruck gemäß – wie gewogen sie mir doch mit einem Mal ist! – zu handeln, wird die Wirtin allerdings rabiat und ergeht sich in den übelsten Beschimpfungen. Manchmal fliegen Fäuste. Die Grobheit scheint Marius zu gefallen, er sagt, sie habe etwas Kathartisches. Die Reinigung liege im Verzicht auf das Sprechen. Im Handumdrehen ist es unmöglich zu lügen!

Das ist das eine. Das andere, viel Wichtigere, ist das Be-

freiende der Gewalt. Selbstverständlich nur aus Sicht des Gewalttätigen: Er wird mit einem Schlag alles los, was eine beinah tödliche innere Anspannung ausgelöst hatte. (Er rettet sich, dafür muss jemand anderes sterben.) Ich muss zugeben, ich schaue gern zu bei den Faustkämpfen, dem Raufen und Ringen, die Knochen bersten, das Blut fließt, alles Regelnde ist entlassen, wir sind mitten im Ungezähmten. Zu Lebzeiten fiel mir nicht einmal ein Wutschrei zu, ich verlegte alles in die Form. Erst das Ende war formlos. Und darin gewaltig. Wie Ihres auch.
Der Heimweg mit Marius wie der junger Burschen – unvernünftig. Zwei Irrläufer.

Ihr H.K.

Oßmannstedt im Februar

Liebe Ulrike, liebe Schwester, unsere erlesene, unsere traumhafte Nähe ist hier ungeheuer gegenwärtig. Wie damals ist der Boden noch winterlich hart, wie damals verspricht die Luft bereits Besserung. Die großen Hügel liegen im Schlaf, alles, was in wenigen Monaten den engen Einschluss in die frierenden, wärmesuchenden Körper zum Explodieren bringen wird, ist noch nicht mehr als eine Ahnung: ein unmerklich beschleunigtes Atmen. Hier bin ich allein. Marius ist in Berlin zurückgeblieben. Hier bin ich mit Ihnen, hier bin ich mit allen Geistern unterwegs, hier spüre ich erneut die Kraft der Begegnung als Zusammenstoß. Und Entfaltung – das ist hinzugekommen.
Die Ilm fließt ruhig, vor wenigen Wochen war sie vermutlich noch eisbedeckt; kein Schiff stört das Gleiten des Wassers in seinem Bett. Der Winter macht aus jeder Landschaft einen Schattenriss; davor wir, unsere fraglichen Gestalten. So jung sind wir, dass man uns eher eine Zukunft als eine Vergangenheit zurechnen würde. Mit jedem Satz, mit jedem Anruf werden Sie jünger. Alles Gewisse bleicht aus und überlässt die Farbgebung einem neuen Anfang. Eine leere Fläche, ein morgiger Tag.

Die Kastanie steht ungebeugt – wissen Sie noch? – vor dem Eingang und heißt mit ausgebreiteten Armen Besucher, auch unsichtbare, wie ein Gastgeber willkommen. Bei genauem Hinsehen sind die Knospen klebrig geschwol-

len. Ganz wie im vergangenen Jahr. Und längst enthält die Knospe den Keim zum Verfall.
Alles beginnt von vorn, alles endet endlos.
Und ist doch Traumzeit, Zeit, die sich nicht erstreckt, sondern ausdehnt, so elementar wie Wasser, in dem, mal verwirbelt, mal der Reihe nach, alles miteinander legiert. Einmal dachte ich mir unser Aufeinandertreffen mehr als krachende Verschiebung von Erdschichten, heute scheint mir das friedlich Untrennbare, Flüssige, Zusammengeronnene einleuchtender. Eine Wellenlänge verband uns. Alle meine Figuren tauchen im Blick auf die glatte Wasserfläche wie in einem Reigen auf und ab, die Frauen: die Eve vom zerbrochnen Krug, das Käthchen von Heilbronn, die Agnes Schroffenstein – und Sie, Ulrike, Kohlhaas' Frau und Penthesileas Schwester. Auch die Männer: Friedrich von Homburg, der russische Graf, Robert Guiskard; die Leidenschaften, die Irrtümer, die Zu- und die Absagen ans Leben, das ganze Maß von Glück und Jammer. In dieser Traumzeit ist die Grazie aufgehoben, im milden Strömen des Wassers bleibt sie vor Schiefem und Willkürlichem bewahrt und damit schön. Hier unten im freundlichen, flüssigen Finsteren ereignete sich unser Lichtspiel; ich stellte mir nur vor und leistete nichts. Hier unten gibt es keine Angst. Hier ergießt sich nichts, nichts rauscht, und nichts muss geordnet werden. Es ist still. Das Wasser, der Wannsee, war am Ende dabei, genauso wie das Feuer – in der Waffe –, die Erde, auf die wir stürzten, die Luft in den letzten Atemzügen. Wie allein müssen Sie gewesen sein, die Sie sich nur die Luft nahmen.

In Sichtweite, am Ufer der Ilm, hat sich ein junges Paar niedergelassen, im Wagen, den der Vater ein wenig schaukelt, schläft ihr Kind. Die Gesichter sind der Februarsonne zugewandt, die mit ihrer Wärme mehr verspricht, als sie, nur wenige Stunden später, halten kann. Der erste Rausch des Jahres. Ich fühle dergleichen nicht mehr, aber ich sehe es am Lächeln.

Das Lächeln ist der einzige Ausdruck des menschlichen Gesichts, in dem sich Wissen und Törichtsein mischen, darum liebe ich es so. Es ist die unwillkürliche Preisgabe und Zurschaustellung einer Ahnung. Und ums Ahnen geht es doch auch hier? Wir ahnen einander; müssen dann nicht die Buchstaben, die Sätze, die Zeilen lächeln? Wenn mir das auch nur gelegentlich gelungen wäre, würde es mich zufrieden machen.

Außerdem: Ein Kunststück, auf Deutsch zu lächeln!

(Sie sagen es. Wir beißen gerne zu.)

Ich widerspreche: Denken Sie sich die deutsche Sprache als eine Frau. Ich liebe sie in all ihren Unschönheiten, Schönheiten, Verwerfungen, Verwundungen, Alterserscheinungen und jugendlichen Unsinnigkeiten. Ihr Plumpes und ihr Elegantes liebe ich. Eine gute Tänzerin nur da, wo sie schwärmt. Sonst: stolpernder Gang in derben Schuhen (den leichtfüßigen Franzosen hinterher). Ich liebe ihre Stimme, rau, bei Gelegenheit, andere Male melodisch. Ihre lateinische Zartheit und ihre mittelalterliche Grobheit – Grobheit, gepaart mit Tiefsinn, auch Anmut. Ihr Tückisches, ihr Liebenswürdiges, ihr umständliches Werben und ihr freimütiges Bekennen. Diese Liebe scheue ich mich nicht zu erklären.

Doch zurück zu dem Paar: Es lächelt auch zur Verstärkung; noch sitzt ihnen das Grimmige des Winters im Nacken, aber die Vorwegnahme des kommenden Milden: die ist ihnen ins Gesicht geschrieben. Zwei, drei Sonnenstrahlen, Frieden, ein Kind, dem beides selbstverständlich ist. Mehr nicht. Und genug.

Ich höre Vogelgesang und weiß nicht, ob er aus mir stammt oder aus der Luft. Meisenhoheitsgebiet. Dorthin reiste ich gern. Bald, Ulrike, sind wir von allem entbunden. Hören Sie auf die Ilm, sie trägt es Ihnen zu – wir wissen, dass alle Flüsse unterirdisch verkehren. Und auch dieses Winken soll sie Ihnen zutragen, fast schon der Abschied.

Ihr H.K.

Stammheim bei Stuttgart. Im März

Meine letzte Reise führt mich zu Ihrem letzten Ort. Wir sind matt. Alles hat sich gelegt, der Liebeshunger, der Wissensdurst, im spiegelglatten Wasser, das sich über uns schließt, in dem luftigen Gewisper, das sich darüber erhebt, mögen sich nun andere erkennen, andere wiederhören.

Der Tag ist eisig, unbarmherzig ausgeleuchtet von einem Licht, das eigentlich auf Blühendes, Sprießendes treffen müsste. Stattdessen gefrorener Boden mit dürren Halmen vom Vorjahr. Das Gefängnis liegt wie eine Trutzburg inmitten einer ärmlichen Wohnsiedlung, große, hölzerne Sichtblenden am Rande des Geländes sollen die Blicke abwehren. Nun, ich bezweifle, dass die nach innen gerichteten erfreulichere wären. Alles ist grau, hellgrau, dunkelgrau, grau, grau, grau. Ein Häuslein gegenüber steht frierend allein, auf seiner Front die Aufschrift: Jugendtreff «Sieben Morgen», bunte Bilder – Tiere, Pflanzen – schmücken vergeblich die blätternden Mauern. Wer trifft sich hier? Jugend? Ist man denn nicht umgehend alt in einer solchen Umgebung? Ich bin ratlos.

Beim Umwandern der Anlage nehme ich die Häuser genauer in Betracht, auf deren Balkonen die Überreste der Sommerpflanzen in traurigen Gefäßen bestattet scheinen. Nach der Umzäumung, die mit dornigen Drahtrollen bewehrt ist, folgen in engeren Kreisen zwei weitere Mauern, unüberwindbar auch für den Blick. Ihrer traf auf sie nur von innen und traf sicher nicht auf Lesbares. Auf dem schmalen Weg, der sich rund um die Festungsanlage schlängelt, geht ein grün Uniformierter mir voran, ein großer Hund an kurzer Leine begleitet ihn. Da tritt zwischen den Häusern die junge Frau hervor, die meine Wege bereits zweimal kreuzte, die junge Frau im Schottenrock! Ich will es glauben, ach, und wen kümmert es am Ende, welche Geschöpfe der Vorstellungskraft entspringen und welche dem Mutterleib. Sie spricht mit dem Mann, der Hund sitzt still wie gemalt, sie nickt und geht in die Richtung, in die der Uniformierte sie weist. Ich folge ihr, das Gras hinter der Umzäunung ist rostig, die Erdballen froststarr, unfruchtbar. Die Frau bleibt stehen, immer wieder, wendet sich, schaut, notiert. Wir teilen den Augenschein. Und als sie die Hand hebt und auf etwas zeigt, halte auch ich inne und richte meinen Blick nach ihrem. In den Rollen des Drahts hat sich ein Kinderschuh verfangen, ganz leicht bewegt er sich, am Senkel hängend, im Wind; ein Gruß ohne Himmel. Und wir setzen unseren Weg fort, ihr helles Haar bleicht aus, der bunte Rock verschwimmt zu unbestimmten Flecken, die Stiefel berühren den Schotter nicht mehr und die grauen Mauern zu unserer Rechten bekommen weiche Umrisse, ohne dass etwas in die Ferne rückt. Wir sind am Ende der Physik. Hinter den Mauern waren einmal Sie, waren Verhängnis und Wut und Rauch. Hier schwelte ein Brand; hier versengten Leben, hier sind sich alle entgangen.

Halt! Ich muss mich eilen, der blonde Schopf, der mich führt, ist nur mehr ein schwacher Schimmer gegen die aufreißende Wolkendecke. Ich setze nach.

H.K.